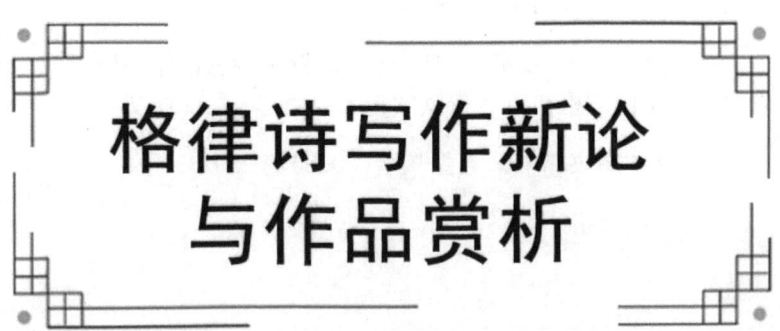

格律诗写作新论与作品赏析

符聪◎著

中国商业出版社

图书在版编目(CIP)数据

格律诗写作新论与作品赏析/ 符聪著. －－北京：中国商业出版社，2021.3
ISBN 978－7－5208－1488－1

Ⅰ.①格… Ⅱ.①符… Ⅲ.①格律诗－诗歌创作－创作方法－中国②格律诗－诗歌欣赏－中国 Ⅳ.①I207.2

中国版本图书馆 CIP 数据核字(2020)第 250233 号

责任编辑：李 飞　蔡 凯

中国商业出版社出版发行
010－63180647　www.c－cbook.com
(100053　北京广安门内报国寺 1 号)
新华书店经销
北京京丰印刷厂印刷

*

710 毫米×1000 毫米　16 开　17.75 印张　270 千字
2021 年 3 月第 1 版　2021 年 3 月第 1 次印刷
定价：88.00 元

* * * *

(如有印装质量问题可更换)

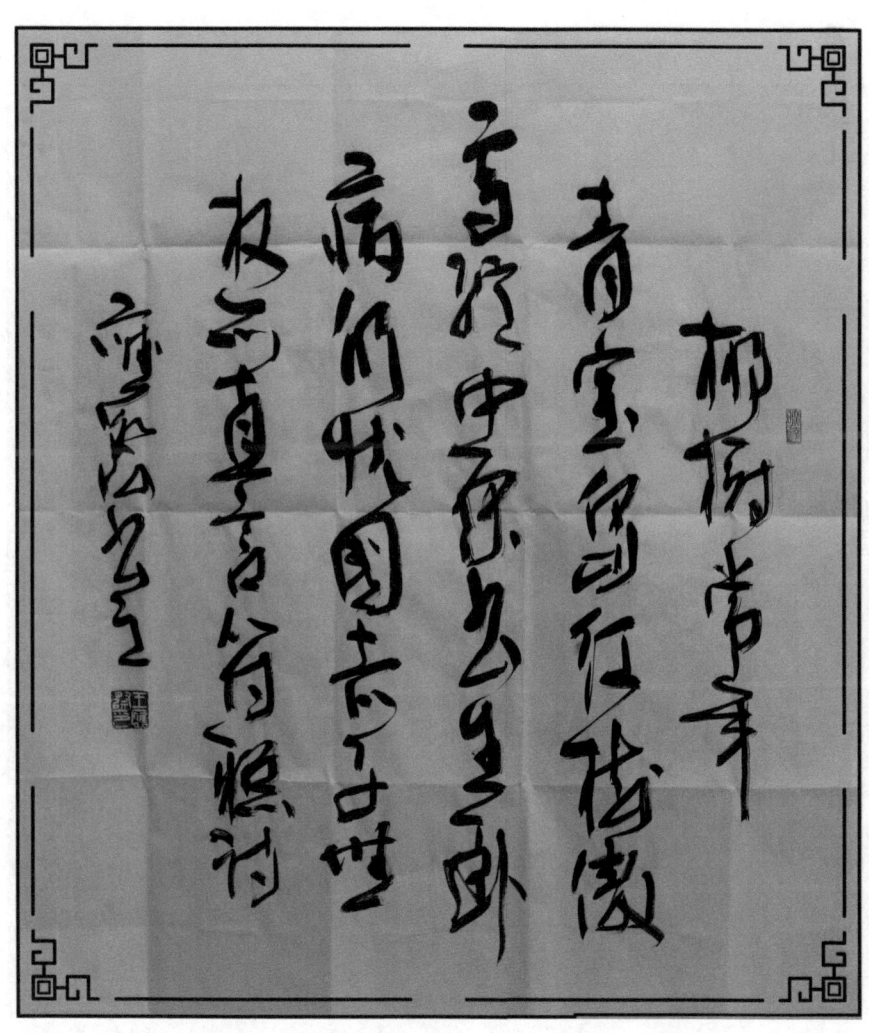

原海南省政协副主席王应际书符聪诗《品格》

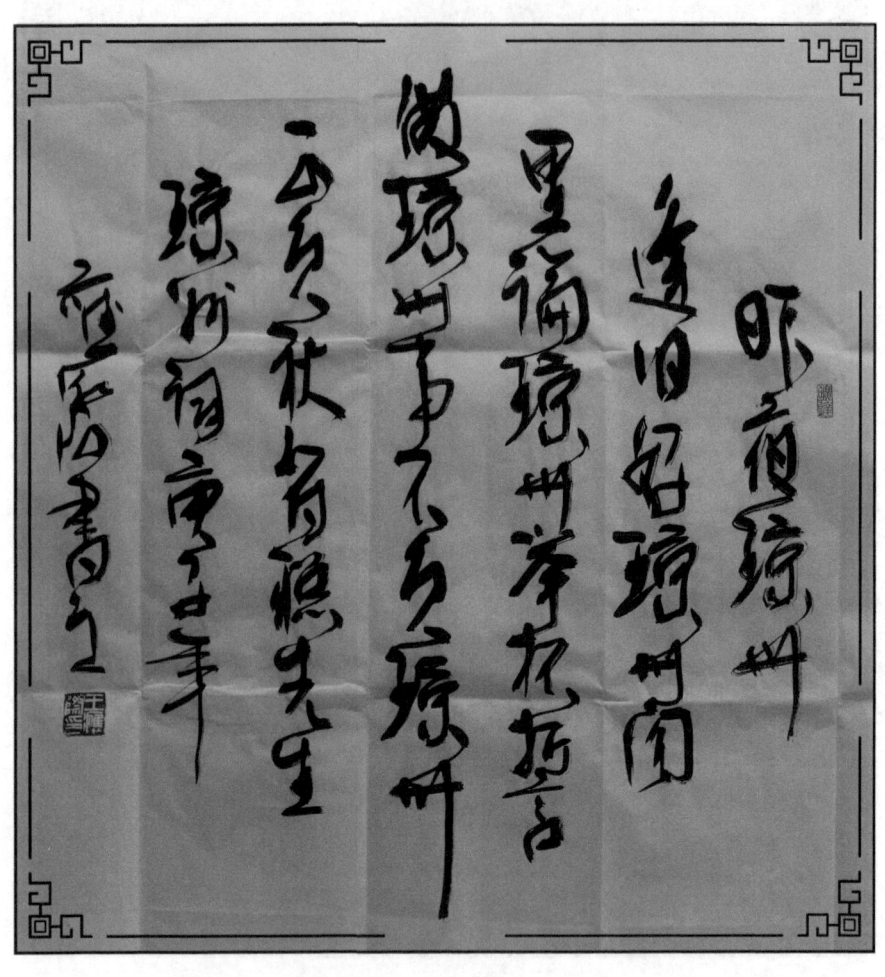

原海南省政协副主席王应际书符聪诗《琼州词》

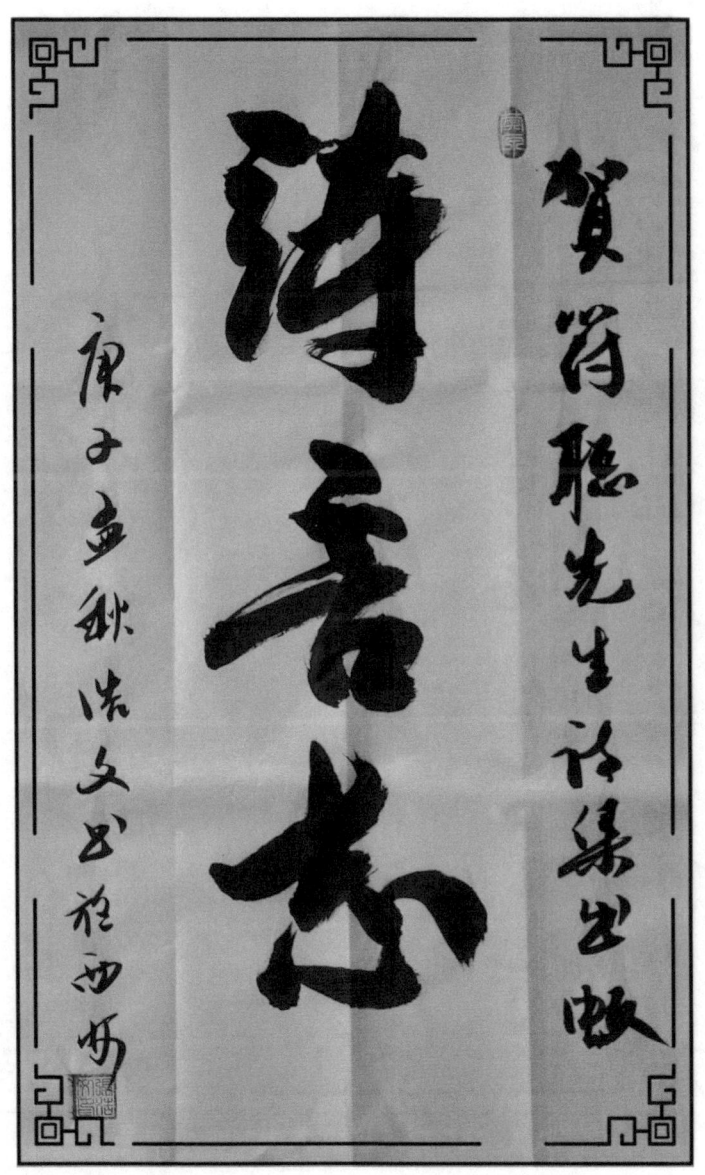

海南省作家协会副主席张浩文题词

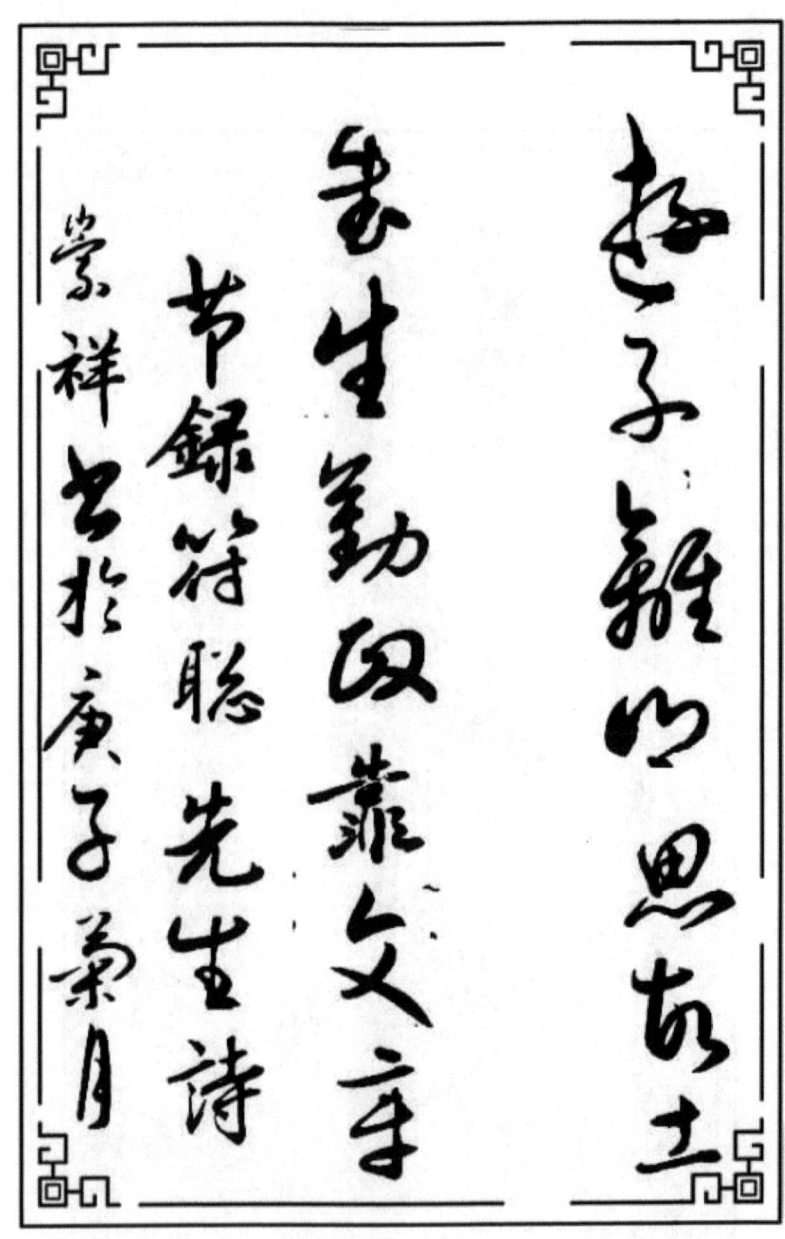

中国书画家交流协会执行主席孙崇祥书符聪诗

诗人今似满天星，另有符君耀眼明。仰察云烟心则细，沉吟竹菊语堪精。行间旷达涵功力，意里色穷见本能。万类拈荣收笔底，循章旦又为新赓。

海南省华侨文学艺术家协会常务副会长王尧时题诗

古典诗里的家国情怀

杜光辉

三亚,是冬无冬,暖意如春。台灯的荧光罩着符聪的《格律诗写作新论与作品赏析》清样,逐页阅读。诗集中除了他对格律诗写作的认知,还有他创作的格律诗,诗篇的氤氲里飘逸着"情""志"的元素。使我们感受到父辈们的勤劳、母辈们的慈祥、绕萦在村落上空的炊烟、五指山下求学的艰辛、对教学岗位的不弃不舍;字里行间腾升出海的波浪、山的葳蕤、庄禾的萋茂、秋雨的淫绵、街市的生意;诗章引发出读者的构想:农人展腰的叹吁、耕牛的长啸、都市的灯火、冬月的夜饮;给我们展现了海南特有的奇景、古迹、民俗、风情、诗人对家乡的挚情。

《格律诗写作新论与作品赏析》里,有诗人持恒追求的"质",就是现代学人探究的思想,显示着诗作的审美价值和现实意义。我们在诗集里读到了传统知识分子忧国忧民的情怀,对社会恶疾的愤恨声讨,对百姓的怜悯同情。

读完,合上书稿,又引发出阅读《诗经》的欲望,从书柜里取出深蓝封皮的《诗经》,摆在《格律诗写作新论与作品赏析》旁边。又翻阅,琢磨,感慨。这部《诗经》选编了距今3100年到2500年间的诗歌,普遍认为是我们民族最早的诗集。该诗集证明,我们民族的格律诗写作至今有3100多年的历史了。我们在《诗经》里读到那个久远年代的劳动场面、缠绵爱情、血腥战争、苦累徭役、豪强压迫、弱者反抗、民俗风情、婚丧嫁娶、祭祖宴会、天象地貌、动物植物等,全方位地展示了那600年社会生活的方方面面。

漫长的历史时空,酿就了厚重如山的古典文学,诗词无疑是古典文学中最炫目的瑰宝。人的情感、志智、理想、感慨，借助诗词得到淋漓尽致的抒发。怀古评今、官场政治、社会万象、人生百态、山水林木、自然景观、生离死别、两情相悦，都进入了诗词描摹的范畴。诗歌创作最鼎盛的唐朝，给我们民族留下了五万首诗歌，出现了五六十个各具特色的著名诗人，随便在网上检索一下，就能拉出一大串熠熠闪光的名字：王勃、洛宾王、卢照邻、杨炯、王维、孟浩然、李白、杜甫、高适、岑参、柳宗元、孟郊、韩愈、白居易、卢纶、李贺、李益、刘禹锡、贾岛、张继、韦应物、李坤、元稹、张祜、杜秋娘、张籍、戴叔伦、顾况、李商隐、杜牧、贺知章、王昌龄、李颀等。

实在不应该列举这么多名字，但确实难以删去其中一些名字。

三千多年里，花开了，落了；又开了，又落了。一批诗人老了走了，留下不老不走的诗篇；又一批诗人老了走了，又留下不老不走的诗篇。一批一批的伟大诗人，给我们留下一篇一篇的伟大诗歌。这些伟大的诗人，构成了我们民族文化的璀璨星空；这些伟大的诗篇，汇聚成我们民族波澜壮阔的文化长河。它们营造的朦胧梦境、山水情怀、人生咏叹，气势磅礴，包吐日月、气吞万象。今天的我们，时隔数千年，温读这些诗词，仍能强击我们的感情，激发我们忧国爱民的情怀，成为我们行为的准则和坐标。

当代人的书柜里要是没有《唐诗三百首》《中国古典诗词大全》，还要自诩为读书人，人们一定嘲讽他说，吹吧，连古典诗词都背不了几首，还标榜是读书人，满肚子的大粪加稻草！

幼儿园的孩童都在老师和爹妈的督导下，站在众人面前，稚声稚气地背诵唐诗。我们如果抛去孩子这么早就接受唐诗熏陶利弊的讨论，只探究一个问题，为什么那么多家长、老师，热衷于让孩子背唐诗？必定有原因，无疑是唐诗的魅力。

我曾在陕西作家张敏家中看到一个匾牌，上边写着"煮文熬字"，经过千煮万熬提炼出的廖廖数字，勾勒出那么恢宏或清雅的画卷，其内涵和外观的美，无论时光流逝多久，古典诗词浓厚的情志气息、美感，仍然能吸引我们！

中央电视台举办的《中国诗词大全》节目，对历时三千多年的诗歌创作、读赏，起到了推波助澜的作用，使得更年轻一代也了解、创作古典诗歌。

符聪在大学里教授格律诗创作，我在这里如果讨论格律诗创作的技法，比如：形式、字句、押韵、平仄、结构、修辞等，实在是捧掬黄土跟泰山比高。为了遮蔽自己的不足，必须避开这些。拿自己的短丈量他人的长，不是自找羞耻吗？

我在另一篇文章里写道："中国两千多年的封建制度腐而不败，主要原因是封建文化的支撑，其中不乏非常优秀的精华。""先天下之忧而忧，后天下之乐而乐。""鞠躬尽瘁，死而后已。""安得广厦千万间，大庇天下寒士俱欢颜。""贫者独善天下，达者兼善天下。""这些，都是古代封建文人的道德指向。在市场经济的今天，这种优秀的传统文化依然需要弘扬。"

在《格律诗写作新论与作品赏析》里写道："在漫长的历史长河中，那些倾吐诗人们爱国、忧民的高尚理想、情操的作品，深深受到后人的景仰……阅读这些或激越、或悲壮的抒发爱国之志的诗章，使人有陶冶情操、净化灵魂的感觉，审美享受也是无以言喻的。"书中列举了屈原"虽九死其犹未悔"的爱国忧国的眷眷情怀；岳飞的《满江红》壮志凌云、气盖山河，激荡着抗金救国的坚定意志和必胜信念；文天祥的《过零丁洋》中"人生自古谁无死，留取丹心照汗青"的诗句，志如华岳，气贯长虹，使多少有志之士为之洒下热泪；"僵卧孤村不自哀，尚思为国戍轮台。夜阑卧听风吹雨，铁马冰河入梦来"，描写了在一个风雨交加的夜晚，卧病在床的老诗人，梦中也不忘驰骋疆场，杀敌报国。这是多么真挚的爱国情怀，多么深沉的未酬之志。

符聪深受古典诗词的熏陶，他在诗集中写出了这样的诗句，"盼能战地心忧国，不愿闲情望酒楼。"表达了强烈的报效国家的抱负和情感。阅读这些抒发爱国之志的诗篇，使我们热血激荡，滋生爱国情怀。

符聪看到当今一些人鼓吹娱乐至上、娱乐至死，巨大的利益分配不公。为国家做出巨大贡献的抗疫专家、白衣逆行者、驻守边关的解放军将士、出生入死的消防官兵、辛勤劳作的工人农民，社会主流群体收入相对微薄。而一些艺人打着市场经济的幌子，一天的收入就顶上一个工人农民一辈子的收入、一份阴阳合同的收入比一个科学家一生的收入都高。市场经济的真髓应该是对社会的贡献越大，获得的利益就越大。难道这些艺人比科学家、解放军对社会的贡献还大？指望这些偷税漏税、签阴阳合同、滥交、绯闻满天、吸毒、嫖娼、卖身，满身劣迹的艺人占据我们的舞台、屏幕，给国人树立好的榜样，只能是指望虱子诞出大象，跳蚤给我们献舞。他们像沸腾的硫酸锅，散发的毒气严重侵蚀我们民族的精神肌体，腐化我们民族的文化大厦。符聪对这些人失望至极，愤怒至极，提笔写下了对抗这股污流的七言诗《看群星幕后唱＜芳华＞主题歌有感》："将士边关流血战，艺人豪宅纵情欢。你弹他唱抽烟笑，愧对芳华万众寒。"

这就是我们当代文学提倡的思想性、人民性，溯其根源，中国古典诗词肯定是源头之一。

符聪认为，我国古代格律诗不是以叙事而是以抒情为主的，因此，抒情是格律诗主要的审美特征，情是格律诗的灵魂。

我也认为,现代文学体裁多样,叙事的功能更多地赋予小说承担,即便是"五四"以后兴起的现代诗写作,也更多的表现思想和情感。抒情,不但是古典诗的主要功能,也是现代诗的主要功能,还是一切文学作品必须具备的基本元素。缺失了情感,就像隔着喜马拉雅的两块石头谈情说爱,隔着太平洋的母猪向老虎表示友谊,是文学创作的大忌。

符聪还认为,人生所接触的情感,无外乎爱情、亲情、友情、乡情、别情。如果细分,则有父子情、母子情、兄妹情、故乡情等。流传至今的经典诗章,基本条件就是具有真情,真情才能感人,才能引起读者的共鸣。任何虚情、矫情、伪情、自作多情、无情的抒情,必然受到读者的唾弃。这类诗要传世,就像空中的肥皂泡沫企图将它的五彩缤纷永留,绝对是不靠谱的妄想。

符聪为了印证这个观点,在《格律诗写作新论与作品赏析》中引用了李商隐的《无题》,把深藏在情人内心的思念、追求和离别的痛苦、希望、失望、绝望,以及对爱情的热烈追求和矢志不渝,淋漓尽致地表现出来;引用了李白《赠汪伦》,表达了朋友之间真挚纯净的友谊;引用了《王昌龄左迁龙标遥有此寄》,将他对朋友的怀念带到辽远的夜郎之西,交给那些不幸的迁谪者,充满了对朋友不幸的同情和关切。

如果仅仅对古典诗词的谱系有所了解,缺乏阅读和创作古典诗的激情,非常难以教好这门功课,也难以创作出这么多的格律诗。在这本诗集里,我们读到了很多内含真情的诗篇。比如,一场龙卷风毁掉了家乡的胶林,诗人就有了对农人遭遇自然灾难的担忧同情,写出了《悯农》:"忽闻故里卷风神,成片胶林毁一巡。耕种靠天天不保,古今最苦是农人。"。这首诗流露了强烈的慈悲、怜悯、善爱情怀;秋雨绵绵的夜晚,诗人站在雨中,想着远方的朋友,写下了《秋夜思故人》:"秋雨淋身思不断,平生惦念故人情。"表达了对朋友的深切思念,具有强烈的感人力量;符聪在外地登高观景,心里却想着海南家乡,在《登高》其二中写道:"天南地北风光异,不及家乡草木亲。";符聪在他的诗中表达了对老父亲的挂念孝道,在《感恩父亲》中写道:"他乡过节思严父,想必今年更白头。少壮如牛扛万苦,老来似海纳千忧。龛前伴我时时读,乡下持家岁岁愁。盼得闲身回故里,整天陪父度春秋。"。

已过子夜,台灯荧光里仍然罩着《诗经》,罩着《格律诗写作新论与作品赏析》。兀然,窗外传来婴儿的啼哭,声声嘹亮,这是新生命的宣言。很快,婴儿止住了啼哭,母亲的乳汁起了作用。我把《格律诗写作新论与作品赏析》与《诗经》摆在同一团荧光里,符聪的诗作显然不能与《诗经》并提。但他会吸吮《诗经》的乳汁,吸吮我们民族三千多年古典诗的乳汁。我们无法预测这个婴儿的未来,同样无法预测符聪创作古典诗的未来。但我相信,他们有丰足乳汁的哺育,有母亲坚强的呵护,肯定会长大成人。

我们对这个婴儿的未来充满期望,也对符聪的诗作充满期望!

(作者系国家一级作家、原海南省作家协会副主席)

写作格律诗的情缘

2020年，不仅对国人，而且对全人类，都是难以忘怀、甚至是刻骨铭心的年份。

一场突如其来的新冠肺炎疫情，让原本沉浸在春节欢乐祥和中的国人猝不及防、错愕忐忑。1月27日是大年初三，即武汉封城后第五天，我在老家农村过年时从新闻报道中获悉海南的几支医疗队火速开赴武汉的消息，顿时油然而生的不仅仅是感动，更多的是致敬、礼赞。春节，是中华民族最重要的传统节日，正当万家团聚、走亲访友之际，这些医护工作人员却毅然放弃与亲人团聚的春节假期，奔赴抗疫一线，这种英雄壮举怎么不令人感动？这可不是参加一般的医疗援助，而是奔赴疫情风险极高的，稍有不慎即会感染的无硝烟战场，这种英雄壮举怎么不令人致敬？没人能预知这次驰援会持续多久，但从每一个赴鄂医护人员铿锵的宣誓声中，感受到他们无所畏惧的决心和"不破楼兰终不还"的气概，这种英雄壮举怎么不令人礼赞？

望着家乡医疗队驰援武汉合影图片里横幅书写的大字"儋州市人民医院赴湖北援助医疗队"，我情不自禁地题写了一首七绝《战"疫"》，并于第二天选配几幅海南医疗队的图片在微信圈上推送，以表一介书生力所能及的支持。在举国抗疫的日子里，我又陆续创作了《钟南山》《读毛主席＜送瘟神＞感怀并步韵》《致敬战"疫"英雄》《"琼"尽全力》等4首抗疫题材的格律诗。这几首抗疫诗，先后发表在中国诗歌网、人民网等网络媒体。三亚市图书馆在整理本市抗疫史料时，也收集了我这几首抗疫题材的诗,并给我颁发了纪念品。4月20日,《三亚日报》以题为《见"疫"勇为》的组诗形式,发表了我这5首格律诗。我没想到,格律诗这种在时下不少人眼里已过时的古典诗歌体裁,在抗疫期间仍然能发挥其"老瓶装新酒"的作用,给人以无比的振奋、无穷的力量。

这,给了我启示和动力:将写好的格律诗结集。于是在疫情期间,趁着居家的时日里,着手整理本书的初稿。这是出版本书的缘起和成因。

其实,本书第四章的格律诗近400首,并不是我在疫情期间才开始写的。我的格律诗处女作,要追溯到2001年。那时我在海南省工业学校任职校报主编,并任教语文、写作课程。这所学校原本是五指山市内一所破旧没落的职工中专,历经全校教职工10年艰辛的努力,2001年被国家教育部评为海南省首个国家级重点中专学校。我作为学校的中层干部,不仅见证了这一目标实现的荣光时刻,而且亲历了这一任务完成的艰苦过程,实施了这一事业奋斗的雄心谋划。这是我走上工作岗位后,亲身参与海南教育发展的第一件大事,这其中的打拼和努力,付出了我6年的青春年华和汗水心血。所以,当学校评为全省首个"国家重点中专"的消息传来,我激动不已,感慨万千,欣然写下了《山菊颂——贺海南省工业学校国家重点中专学校挂牌》。这是我平生首次写格律诗,且是藏头诗,藏句为"海南工校",是学校的简称。而诗的题目,则缘于学校以"山菊"为象征,并设有"山菊文学社"。

此后,我陆续也写一些格律诗,但不常写,基本上是为了忘却的印记和人生历程中值得记念的重要事件而写。如我亲身参与申报和建设海南职业技术学院国家示范性高职院校,填补了海南没有国家示范校的空白;亲身参与创办海南中华职业教育社,填补了海南没有职业教育社的空白;亲身参与更名海南热带海洋学院,填补了海南没有海洋类大学的空白。这几件海南教育发展的大事，我都情不自禁地以格律诗的形式，予以记录、叙写、颂扬。

平生首次写格律诗，就直接为学校的国家重点中专学校挂牌庆典题写藏头的贺诗，何来的功力和勇气？曹植七步吟成千百年来世人钦佩和赞叹的《七步诗》，丘濬七岁吟写了后人写五指山诗难再超越的《五指参天》。我绝无曹植、丘濬等先贤名家的诗才和学识，但我小学时代起即酷爱中国古典诗词，大学时又进一步学习，尽管写作水平有限，但对格律诗的写作知识和表达技巧还是略知一二，因而促成自己"平生首次写格律诗"也就不足挂齿了。

虽然我在大学时学习了格律诗的写法，但在2001年之前，我一直喜欢写现代诗，也写了不少。进入而立之年后，因现代诗的篇幅都比格律诗的篇幅长，不便于读者记忆和在微信朋友圈等新媒体中传播，即便是现当代名家诗人的作品，也难以被读者和后人记忆、吟诵，从而难以被应用到书法家的书法创作和文学爱好者的诗词作品中，故我现今已许久没写作现代诗了。

爱好和写作格律诗，得益于我在"儋州自古称歌海"的土壤和环境中成长。儋州在海南开发史上比其他市县要早得多，汉武帝时即设置儋耳郡；苏东坡被贬谪流放儋州后，对儋州教育、文化发展更有深远影响。海南历史上出现的第一个进士符确（宋代）便是儋州人，巧合的是海南最后一个进士王云清（清代），也是儋州人。正是开发早、儒士多、文风重，儋州古来文化氛围浓厚，乡村里常见妇孺吟诵诗词，至今儋州的调声和山歌在全国都声名远扬。譬如2020年初武汉疫情爆发后，儋州市援鄂医护人员工作之余，在方舱医院唱起了激昂的调声，配以节奏欢快的脚步，场面热烈，一扫方舱医院里的阴霾和压抑，展现的不只是救助精神，更有战胜疫情的乐观精神。这一情景，随着微信朋友圈和抖音传遍全国,连央视也作了报道,让人领略了儋州"人人都是山歌手,山山水水是歌台"的文风。生于斯、长于斯的我,自然会耳濡目染地受到儋州文风的熏陶。

爱好和写作格律诗,得益于我生命中的两个引路人,一个是我的母亲,一个是我大学时的诗词老师许山河教授。

我的母亲没有读过一天书,但儋州的人文环境和传统文风,让她打小即如同众多儋州妇女那样会调"两句半"(儋州人管绝句的一半为"两句半")。我的文学兴趣即是母亲培养的,我的格律诗基础也是母亲铺垫的。我念小学的时候,村里还没用上电,晚上点的都是煤油灯。为了省油,饭后没有农活便会熄灯,夜里黑乎乎的。每当皓月当空的夏夜,母亲常常给我们兄弟几人和邻居家孩子讲神话故事、古代传说。我常常被故事的情节所吸引和人物所感动。因为生计,母亲常为生活中的琐事,不时从口中冒出几句令人惊叹的诗来。我至今仍然记得,"千年牛角把来吹",是母亲用以调侃父亲说的事已时间久远,或者老调重弹;"沙地有瓜无裂痕"则是母亲要求我们低调做事,不张扬、不外露;"教得人聪剩侬愚"是母亲训斥我们兄弟几个与邻居孩子一起听故事且悟不透故事里的道理。可以说,母亲是我的格律诗启蒙老师一点都不为过。

许山河先生是我大学时讲授古典诗词鉴赏的教授,他对古典诗词研究有很高的造诣。我本来爱好诗词,加上先生一个学期的认真讲授,我对格律诗有了印象深刻的理解。当时我们班一起学习诗词的同学有80人,但如今能坚持古典诗词爱好、掌握先生讲授的诗词知识,写作格律诗的同学仅有2人,我是其中之二。先生敦敦教导,虽经二十余五年了,但我历历在目,历久弥新。时至今日,我将继承先生的诗词衣钵,一如既往地讲授并写作格律诗,践行先生的理论和弘扬先生的思想。这是对先生最有意义的感谢！

在写作格律诗和成长的道路上，特别是本书的出版，得到了许多领导、名家、教授的关心、指导、支持。原海南省政协副主席王应际先生欣然为本书的出版创作了3副书法作品，其中2副为书写笔者拙作《品格》《椰树》。海南省作家协会副主席张浩文教授为我题词："诗言志"。海南省华侨文学艺术家协会常务副会长王尧时先生为我挥毫题诗一首七律。中国书画家交流协会执行主席孙崇祥先生选录本人诗句创作书法一副。原海南省作家协会副主席杜光辉教授为本书问世撰写了内容维度广、思想烈度强、推介力度大的序。中国商业出版社的编辑等，多次为本书提出修改意见。要感谢的人很多，不胜枚举，在此一并致谢！

本书付印时，已是岁末年关，即将迎来2021年。在新的一年里，将是我们中华民族迎来"两个一百年"中的第一个百年：中国共产党成立100周年；这一年也是我大学毕业25周年和入党25周年。在这个充满特殊意义的年份，《格律诗写作新论与作品赏析》出版问世，我想，于我不仅有纪念意义，于读者于社会于国家也是有意义的。虽然时下不少人喜欢现代诗，但作为自《诗经》以来已有3000多年历史的古典文学，格律诗不仅依旧焕发其永不褪色的魅力，而且仍将继续散发其原始审美的张力。这从举国幼儿园的孩童及其家长自主传诵的学风中可见一斑。

于是，我将一如既往地写作格律诗，竭力在这千年的"老瓶"里，装上新时代关注家乡风土、讴歌祖国山河、颂扬民族复兴、抒发家国情怀的"新酒"。

作者于2020年12月16日，三亚

目　录

第一章　格律诗发展 …………………………………… (3)
　　一、格律诗的认识 ………………………………………… (3)
　　二、格律诗的源流 ………………………………………… (4)

第二章　格律诗写作 …………………………………… (17)
　　一、格律诗的形式 ………………………………………… (17)
　　二、格律诗的语言 ………………………………………… (24)
　　三、格律诗的结构 ………………………………………… (39)
　　四、格律诗的修辞 ………………………………………… (55)

第三章　格律诗欣赏 …………………………………… (77)
　　一、格律诗内容的欣赏 …………………………………… (78)
　　二、格律诗形式的欣赏 …………………………………… (102)

第四章　格律诗作品 …………………………………… (117)
　　不忘初心——从教25年感怀 …………………………… (117)
　　儋州情怀(15首) ………………………………………… (118)
　　　　(一)听母论古 ………………………………………… (118)
　　　　(二)感恩父亲 ………………………………………… (118)
　　　　(三)回乡旅悟 ………………………………………… (119)
　　　　(四)归途 ……………………………………………… (119)
　　　　(五)回家路上偶得 …………………………………… (119)
　　　　(六)春游明湖 ………………………………………… (119)
　　　　(七)银滩踏春 ………………………………………… (120)

— 1 —

(八)儋村秋色 …………………………………………………… (120)

　　(九)千年盐田 …………………………………………………… (120)

　　(十)儋州棕香 …………………………………………………… (120)

　　(十一)儋州调声 ………………………………………………… (121)

　　(十二)莲花山 …………………………………………………… (121)

　　(十三)石花水洞 ………………………………………………… (121)

　　(十四)儋州商会成立 …………………………………………… (122)

　　(十五)今日儋州 ………………………………………………… (122)

五指山情愫(6首) …………………………………………………… (123)

　　(一)五指山三月三 ……………………………………………… (123)

　　(二)夜游五指山 ………………………………………………… (123)

　　(三)夜宿五指山 ………………………………………………… (123)

　　(四)南圣河 ……………………………………………………… (124)

　　(五)登琼州大学主楼 …………………………………………… (124)

　　(六)黎乡 ………………………………………………………… (124)

三亚情缘(10首) ……………………………………………………… (125)

　　(一)大小洞天 …………………………………………………… (125)

　　(二)蜈支洲岛 …………………………………………………… (125)

　　(三)临春岭 ……………………………………………………… (125)

　　(四)凤凰岛 ……………………………………………………… (125)

　　(五)半岭温泉 …………………………………………………… (126)

　　(六)南山寺 ……………………………………………………… (126)

　　(七)三亚水上乐园 ……………………………………………… (126)

　　(八)中寥村 ……………………………………………………… (127)

　　(九)再访中寥村 ………………………………………………… (127)

　　(十)崖州螺号响 ………………………………………………… (127)

琼州古迹探访(3首) ………………………………………………… (128)

(一)访东坡书院 ································ (128)
　　(二)访丘濬故居 ································ (128)
　　(三)访海瑞故居 ································ (129)
广东行吟(3首) ···································· (130)
　　(一)首次出岛(搭乘班车) ·················· (130)
　　(二)飞天——首乘飞机感怀 ·················· (130)
　　(三)顺德竞聘 ································ (130)
北京行吟(6首) ···································· (131)
　　(一)京秋晨赋——国家教育行政学院培训感怀 ·· (131)
　　(二)京城七夕 ································ (131)
　　(三)京春别绪 ································ (131)
　　(四)爨底下村纪行 ···························· (132)
　　(五)京雪 ····································· (132)
　　(六)访最高人民检察院夜感 ·················· (132)
上海行吟(3首) ···································· (133)
　　(一)乙酉年之行 ······························ (133)
　　(二)庚寅年之行 ······························ (133)
　　(三)丁酉年之行 ······························ (133)
广西行吟(3首) ···································· (134)
　　(一)桂林游 ··································· (134)
　　(二)阳朔游 ··································· (134)
　　(三)防城港感赋 ······························ (134)
河北行吟(6首) ···································· (135)
　　(一)夏宿河北农庄 ···························· (135)
　　(二)康巴诺尔湖 ······························ (135)
　　(三)卧龙图大草原 ···························· (135)
　　(四)恋人花谷 ································ (136)

— 3 —

(五)满都拉大草原……………………………………(136)
　　(六)塞外长城……………………………………(136)
天津行吟(5首)……………………………………(137)
　　(一)敬仰周总理像…………………………………(137)
　　(二)津门故里……………………………………(137)
　　(三)天津意大利风情区……………………………(137)
　　(四)天津五大道洋楼印象…………………………(138)
　　(五)天津之眼……………………………………(138)
山东行吟(3首)……………………………………(139)
　　(一)济南空中遐想…………………………………(139)
　　(二)林海雪原……………………………………(139)
　　(三)青岛红叶……………………………………(139)
青海行吟(2首)……………………………………(140)
　　(一)青海湖………………………………………(140)
　　(二)出塞归琼……………………………………(140)
河南红旗渠学悟(4首)……………………………(141)
　　(一)河南印象……………………………………(141)
　　(二)太行山上……………………………………(141)
　　(三)访扁担精神纪念馆感怀………………………(141)
　　(四)咏荷…………………………………………(142)
黄炎培职业教育思想研究会年会感赋(3首)……(143)
　　(一)西安2015年会………………………………(143)
　　(二)济南2016年会………………………………(143)
　　(三)南京2017年会………………………………(143)
夜宿他乡(4首)……………………………………(144)
　　(一)夜宿泉城……………………………………(144)
　　(二)夜宿金陵……………………………………(144)

（三）夜宿鹏城 …………………………………………（144）
　　（四）夜宿重庆 …………………………………………（144）
香港行吟(2首) …………………………………………………（145）
　　（一）香港感怀 …………………………………………（145）
　　（二）维多利亚港 ………………………………………（145）
新加坡行吟(2首) ………………………………………………（146）
　　（一）新加坡印象 ………………………………………（146）
　　（二）鱼尾狮像 …………………………………………（146）
澳大利亚行吟(2首) ……………………………………………（147）
　　（一）考拉 ………………………………………………（147）
　　（二）访澳大利亚达尔文博物馆 ………………………（147）
新春贺诗(4首) …………………………………………………（148）
　　（一）贺年抒怀2017 ……………………………………（148）
　　（二）贺戊戌新年2018 …………………………………（148）
　　（三）猪年贺春2019 ……………………………………（149）
　　（四）迎春2020 …………………………………………（149）
题《喜上梅梢》画(5首) ………………………………………（150）
　　（一）2016题咏 …………………………………………（150）
　　（二）2017题咏 …………………………………………（150）
　　（三）2018题咏 …………………………………………（150）
　　（四）2019题咏 …………………………………………（151）
　　（五）2020题咏 …………………………………………（151）
致敬老师(3首) …………………………………………………（152）
　　（一）致恩师 ……………………………………………（152）
　　（二）感念师恩 …………………………………………（152）
　　（三）灯塔 ………………………………………………（152）
中华道艺(4首) …………………………………………………（153）

- (一)香道 …………………………………………………………… (153)
- (二)茶艺 …………………………………………………………… (153)
- (三)插花 …………………………………………………………… (153)
- (四)书法 …………………………………………………………… (153)

登高(3首) ………………………………………………………………… (154)
- (一)崖州冬日望远 ………………………………………………… (154)
- (二)感怀杜甫 ……………………………………………………… (154)
- (三)重阳故里 ……………………………………………………… (154)

爱魇(2首) ………………………………………………………………… (155)

落幕(2首) ………………………………………………………………… (156)

研习夜感(4首) …………………………………………………………… (157)

贺学生获全国征文大奖(2首) …………………………………………… (158)

秀英炮台(2首) …………………………………………………………… (159)

母送淡薯(3首) …………………………………………………………… (160)

女儿印记(5首) …………………………………………………………… (161)
- (一)学艺秋收 ……………………………………………………… (161)
- (二)听女琴声 ……………………………………………………… (161)
- (三)听女学弹《我和我的祖国》 ………………………………… (161)
- (四)听女奏《在堤岸上》 ………………………………………… (162)
- (五)泳趣 …………………………………………………………… (162)

致闺女(3首) ……………………………………………………………… (163)
- (一)示女 …………………………………………………………… (163)
- (二)符家姐妹 ……………………………………………………… (163)
- (三)新春寄女 ……………………………………………………… (163)

群山亘像(3首) …………………………………………………………… (164)

万木竞秀(10首) ………………………………………………………… (165)
- (一)槟榔 …………………………………………………………… (165)

(二)椰树 …………………………………………………… (165)

　　(三)柳树 …………………………………………………… (165)

　　(四)铁西瓜 ………………………………………………… (165)

　　(五)发财树 ………………………………………………… (166)

　　(六)美人蕉 ………………………………………………… (166)

　　(七)酒瓶椰子 ……………………………………………… (166)

　　(八)鸡蛋花树 ……………………………………………… (166)

　　(九)野菠萝 ………………………………………………… (167)

　　(十)无名树 ………………………………………………… (167)

花草芳菲(5首) ………………………………………………… (168)

　　(一)不死鸟 ………………………………………………… (168)

　　(二)文竹 …………………………………………………… (168)

　　(三)兰花 …………………………………………………… (168)

　　(四)葱花 …………………………………………………… (169)

　　(五)绿萝 …………………………………………………… (169)

凤凰花(2首) …………………………………………………… (170)

仙人掌(2首) …………………………………………………… (171)

浮萍(2首) ……………………………………………………… (172)

　　(一)萍踪 …………………………………………………… (172)

　　(二)浮影 …………………………………………………… (172)

琼州三角梅(2首) ……………………………………………… (173)

木瓜(3首) ……………………………………………………… (174)

天涯遇果丁(2首) ……………………………………………… (175)

生灵诗语(5首) ………………………………………………… (176)

　　(一)春蚕 …………………………………………………… (176)

　　(二)马鲛鱼 ………………………………………………… (176)

　　(三)猪 ……………………………………………………… (176)

(四)遗鸥…………………………………………………………(177)

(五)飞蛾…………………………………………………………(177)

赏鱼偶得(3首)………………………………………………………(178)

(一)鱼趣…………………………………………………………(178)

(二)池鱼…………………………………………………………(178)

(三)金鱼…………………………………………………………(178)

校园观感(12首)……………………………………………………(179)

(一)簧园春色……………………………………………………(179)

(二)簧湖夜色……………………………………………………(179)

(三)夏日簧园美…………………………………………………(179)

(四)秋簧…………………………………………………………(179)

(五)簧园湖光……………………………………………………(180)

(六)藏书楼冬色…………………………………………………(180)

(七)藏书楼即景感赋……………………………………………(180)

(八)簧园感赋……………………………………………………(180)

(九)从今侬是海洋人……………………………………………(181)

(十)观看海南热带海洋学院国庆文艺晚会感怀………………(181)

(十一)军训观感…………………………………………………(181)

(十二)五年忆事——更名海南热带海洋学院五周年感怀………(181)

母校情(4首)…………………………………………………………(182)

(一)期盼…………………………………………………………(182)

(二)漫步校园……………………………………………………(182)

(三)胡文虎游泳池遗址…………………………………………(182)

(四)赏校庆对联…………………………………………………(182)

女神素描(5首)………………………………………………………(183)

(一)儋州女………………………………………………………(183)

(二)画女…………………………………………………………(183)

（三）彩绘女 …………………………………………………………（183）

　　（四）才女 ……………………………………………………………（183）

　　（五）西洋女郎 ………………………………………………………（184）

日出三观（3首）……………………………………………………………（184）

　　（一）日出琼州 ………………………………………………………（184）

　　（二）日出儋州 ………………………………………………………（184）

　　（三）日出崖州 ………………………………………………………（184）

木棉湖（2首）………………………………………………………………（185）

夜问（2首）…………………………………………………………………（186）

春韵（7首）…………………………………………………………………（187）

　　（一）春分 ……………………………………………………………（187）

　　（二）春雨 ……………………………………………………………（187）

　　（三）琼州春色 ………………………………………………………（187）

　　（四）春花漫天涯 ……………………………………………………（187）

　　（五）春夜即景 ………………………………………………………（188）

　　（六）思春 ……………………………………………………………（188）

　　（七）春耕 ……………………………………………………………（188）

秋赋（7首）…………………………………………………………………（189）

　　（一）十秋一绝 ………………………………………………………（189）

　　（二）听雨知秋 ………………………………………………………（189）

　　（三）夜听秋雨 ………………………………………………………（189）

　　（四）秋宫 ……………………………………………………………（189）

　　（五）恋秋 ……………………………………………………………（190）

　　（六）秋夜思故人 ……………………………………………………（190）

　　（七）天涯秋声——参加三亚市委全委会感怀 ……………………（190）

中秋写意（3首）……………………………………………………………（191）

　　（一）中秋国庆双节同日 ……………………………………………（191）

(二)中秋伴月…………………………………………(191)

(三)秋雨月夜…………………………………………(191)

题王辉赠画《马》(2首)………………………………………(192)

题《岁月不饶人》画作…………………………………………(192)

题《黎乡笠韵》舞蹈……………………………………………(193)

看群星幕后唱《芳华》主题歌偶感……………………………(193)

重看《三国演义》………………………………………………(193)

读张载《横渠语录》……………………………………………(194)

读黄炎培职教思想感怀…………………………………………(194)

再读白居易………………………………………………………(195)

夜读鲁迅…………………………………………………………(195)

夜读同窗新诗……………………………………………………(195)

冬夜听《祈祷》…………………………………………………(196)

题赠政府雇员培训班学员共勉…………………………………(196)

人以群分…………………………………………………………(196)

元旦………………………………………………………………(197)

一路南漂…………………………………………………………(197)

灯…………………………………………………………………(197)

在人间……………………………………………………………(197)

海南冬美…………………………………………………………(198)

琼台元宵换花……………………………………………………(198)

中国红……………………………………………………………(199)

满月………………………………………………………………(199)

昌化江畔木棉艳…………………………………………………(199)

菠萝蜜果…………………………………………………………(200)

戏说椰柳…………………………………………………………(200)

生日………………………………………………………………(200)

女人礼赞——妇女节感怀 ………………………………… (200)

读史 …………………………………………………………… (201)

楼感 …………………………………………………………… (201)

空楼夜思 ……………………………………………………… (201)

车误马井 ……………………………………………………… (202)

氤氲 …………………………………………………………… (202)

颂海南——海南建省30周年感怀 …………………………… (202)

学园怀旧——过海南省工业学校感怀 ……………………… (203)

漫步海南职业技术学院感怀 ………………………………… (203)

月下独白 ……………………………………………………… (204)

海之缘 ………………………………………………………… (204)

过桥偶感 ……………………………………………………… (204)

南下三亚感怀 ………………………………………………… (205)

崇敬英雄 ……………………………………………………… (205)

听琴 …………………………………………………………… (206)

颂雅居乐 ……………………………………………………… (206)

检察官赞 ……………………………………………………… (207)

党庆抒怀 ……………………………………………………… (207)

建筑工 ………………………………………………………… (208)

雨中弄潮 ……………………………………………………… (208)

霓裳羽衣秀 …………………………………………………… (208)

恋恋海风 ……………………………………………………… (209)

天涯清影诗苑成立三周年 …………………………………… (209)

桥缘 …………………………………………………………… (210)

题榜文村修井 ………………………………………………… (210)

玩偶 …………………………………………………………… (211)

风中守夜 ……………………………………………………… (211)

符 …………………………………………………………………… (211)

始喙龟 ………………………………………………………………… (212)

人鱼传说 ……………………………………………………………… (212)

琼崖立冬 ……………………………………………………………… (213)

缘来如此 ……………………………………………………………… (213)

姹紫嫣红海之南——海南省少数民族文艺会演感怀 ………… (214)

面薯 …………………………………………………………………… (214)

雄狮威舞 ……………………………………………………………… (215)

秋夜宿农家 …………………………………………………………… (215)

狌犴 …………………………………………………………………… (215)

赏陶 …………………………………………………………………… (216)

海南 2018 冬交会观感 ……………………………………………… (216)

腊月夜吟 ……………………………………………………………… (217)

海岛故事 ……………………………………………………………… (217)

惜别 …………………………………………………………………… (217)

燕归巢 ………………………………………………………………… (218)

夜行 …………………………………………………………………… (218)

春日劳作 ……………………………………………………………… (218)

摩天轮夜览 …………………………………………………………… (218)

与天涯诗友论箜篌出处 ……………………………………………… (219)

两重天 ………………………………………………………………… (219)

求贤 …………………………………………………………………… (219)

男儿本色 ……………………………………………………………… (219)

夏日琼州 ……………………………………………………………… (220)

重访红色娘子军纪念园 ……………………………………………… (220)

访南海博物馆 ………………………………………………………… (220)

入党 25 周年感怀 …………………………………………………… (221)

梦幻环球……………………………………………………（221）

单程票………………………………………………………（222）

新中国成立70周年感怀……………………………………（222）

人与偶………………………………………………………（223）

禅思…………………………………………………………（223）

秋夜抒怀……………………………………………………（223）

琼州词………………………………………………………（224）

秋望陵城……………………………………………………（224）

参加消费扶贫感怀…………………………………………（224）

奔波…………………………………………………………（225）

观赏保加利亚交响乐团演出………………………………（225）

红旗迎新……………………………………………………（226）

中华职业教育社赞…………………………………………（226）

初学煎饼偶得………………………………………………（227）

灯光桥影……………………………………………………（227）

月夜独行……………………………………………………（227）

春夜奋笔……………………………………………………（228）

再登铜鼓岭…………………………………………………（228）

午过荔园……………………………………………………（228）

伶人献舞……………………………………………………（229）

雨后青山……………………………………………………（229）

云山待天……………………………………………………（229）

海南自贸港——访海口江东新区…………………………（230）

建党99周年感怀（3首）……………………………………（231）

　（一）七一抒怀……………………………………………（231）

　（二）访琼海椰子寨战斗遗址……………………………（231）

　（三）访海口琼崖一大会址………………………………（231）

见"疫"勇为(5首) …………………………………………………… (232)
　　(一)战"疫" ………………………………………………………… (232)
　　(二)钟南山 ………………………………………………………… (232)
　　(三)读毛泽东诗《送瘟神》感怀并步韵 ………………………… (232)
　　(四)致敬战"疫"英雄 ……………………………………………… (233)
　　(五)"琼"尽全力 …………………………………………………… (233)
致毕业生(5首) ……………………………………………………… (234)
　　(一)骏马 …………………………………………………………… (234)
　　(二)路标 …………………………………………………………… (234)
　　(三)牵手 …………………………………………………………… (234)
　　(四)远方 …………………………………………………………… (235)
　　(五)箴言 …………………………………………………………… (235)
三亚海感(6首) ……………………………………………………… (236)
　　(一)观海 …………………………………………………………… (236)
　　(二)听海 …………………………………………………………… (236)
　　(三)品海 …………………………………………………………… (236)
　　(四)亲海 …………………………………………………………… (237)
　　(五)出海 …………………………………………………………… (237)
　　(六)强海 …………………………………………………………… (237)
愿把崖州作故乡(5首) ……………………………………………… (238)
　　(一)三亚湾 ………………………………………………………… (238)
　　(二)亚龙湾 ………………………………………………………… (238)
　　(三)海棠湾 ………………………………………………………… (238)
　　(四)天涯海角 ……………………………………………………… (239)
　　(五)玫瑰谷 ………………………………………………………… (239)
院校贺勉(5首) ……………………………………………………… (240)
　　(一)山菊颂——贺海南省工业学校国家重点中专学校挂牌庆典 … (240)

(二)贺《海职院报》创刊 …………………………………………… (240)
　　(三)贺琼州学院60周年校庆 ………………………………………… (240)
　　(四)儋州职校 ……………………………………………………………… (241)
　　(五)屯昌中学建校70周年题勉 …………………………………… (241)
专家赠书读荐(10首) ……………………………………………………… (242)
　　(一)读许山河《诗词鉴赏概论》 …………………………………… (242)
　　(二)读云逢鹤《人·鬼·神》 ………………………………………… (242)
　　(三)读张浩文《狼祸》 ………………………………………………… (242)
　　(四)读华子奇《新村随笔》 …………………………………………… (243)
　　(五)读杜光辉"高原三部曲" ………………………………………… (243)
　　(六)读杨兹举《盛装的音符》 ………………………………………… (243)
　　(七)读亚根《蓝绿之间》 ……………………………………………… (244)
　　(八)读李景新《中国古典诗歌体裁的理论与实践》 ……………… (244)
　　(九)读高泽强《苗家风物志》 ………………………………………… (244)
　　(十)读廖民生《海洋经济学读本》 ………………………………… (245)
清明缅怀(2首) ……………………………………………………………… (245)
　　(一)清明回乡 …………………………………………………………… (245)
　　(二)清明感念 …………………………………………………………… (245)
追悼送挽(3首) ……………………………………………………………… (246)
　　(一)悼林公明玉先生 ………………………………………………… (246)
　　(二)悼师太李氏 ………………………………………………………… (246)
　　(三)悼姚旭东 …………………………………………………………… (246)

参考文献 ……………………………………………………………………… (247)

第一章

格律诗发展

第一章　格律诗发展

一、格律诗的认识

格律诗，也称近体诗，是中国古代汉语的一种诗歌作品。在其发展过程中形成了一定的格式，一定规律的音韵，要求作者按其格式、规律的规则要求进行写作。格律诗相对于古体诗而言，分为三类：律诗、绝句、排律。格律诗中常见的形式，分别有五言、七言的绝句和律诗。我们从《毛诗·大序》中可以看到："诗者，志之所在也。在心为志，发言为诗"；严羽在《沧浪诗话》一书中也指出："诗者，吟咏性情也"。由此可知我国格律诗这种源远流长的诗体，其结构严谨，在字数、行数、平仄，以及音调轻重、用韵用律都有严格的要求。因此，律诗讲究平仄、押韵、对仗。相比于律诗，绝句很早就成型，唐时近体绝句的平仄就较为自由，所以后人将唐律成型之前的绝句，称为"古绝句"，以便将其与近体绝句加以区别。

律诗分为五律、七律。五律八句40字，七律八句56字。律诗体式基本的结构为首、颔、颈、尾四联，每联上句为"出句"，下句为"对句"。其中颔联、颈联要求必须对仗，各联对句（即偶句）须押韵，首联出句可押可不押。在中国文学史上，优秀的脍炙人口的律诗作品可以说是不胜枚举，但如今要排出一个榜单的话，诗坛公推杜甫的《登高》，恐怕尊为诗仙的李白，也是心悦诚服的。排律是超过八句的律诗，也称长律，多为五言句式。笔者创作的《不忘初心——从教 25 年感怀》(见本书第四章),属于七言排律。绝句也称截句,因只有四句而得名,它可说是从律诗中截取一半,或是截取律诗的前一半或后一半,还可以截取律诗的首尾二联、中间的颔联颈联二联。杜甫脍炙人口的《绝句》一诗"两个黄鹂鸣翠柳,一行白鹭上青天。窗含西岭千秋雪,门泊东吴万里船",就可以说是截取律诗的颔联、颈联二联所得的一首诗。因绝句是从律诗中截取来的,其平仄与押韵较之律诗大体上并无二致,即二四句押韵,首句可押可不押。绝句分为五绝、七绝,五绝为四句 20 字,七绝为四句 28 字。

格律诗的押韵,在同一首诗中只用一个韵部的字,通常称为押本韵。但并不是说格律诗没有仄韵诗,仄韵的律诗、绝句确实存在。一直从事语言科学的研究和教学工作的中国语言学家王力在《汉语诗律学》中阐述:"近体诗以平韵为正例,仄韵非常罕见。仄韵律诗很像古风;我们要辨认它们是不是律诗,仍旧应该以其是否用律句的平仄为标准。"相较于平声韵格律诗,人们习惯于使用平声韵创作格律诗,但在现实社会中也有少数人使用仄声韵进行格律诗写作。由于篇幅所限,本书所探析的格律诗仅以平声韵为正格,韵部的依据为平水韵。

二、格律诗的源流

作为我国文学体式之一,格律诗发展历史久远,起源于南北朝,成型于唐朝初年。要读懂、写好格律诗,有必要了解格律诗的历史源流。我国诗歌的发展,先后经历了《诗经》、楚辞、汉赋、汉乐府诗、建安诗歌、魏晋南北朝民歌、唐诗、宋词、元曲、明清诗歌、现代诗的发展历程。在这过程中,南朝永明年间,"声律说"盛行,诗歌创作注重音调和谐,于是"永明体"的新诗体逐渐形成。这种新诗体是格律诗产生的开端。下面简析民国时期前各个历史阶段的诗歌发展,了解格律诗产生、定型、成熟、繁荣。

(一)先秦时期的诗

1.《诗经》是我国第一部诗歌总集

根据我国文学史的划分,通常将公元前 6 世纪即距今 2500 多年前编定的我国第一部诗歌总集《诗经》，是我国诗歌史的起点，这部公元前11世纪至公元前6世纪的诗歌总集，共305篇，按音乐的不同，分为"风""雅""颂"三类。"风"是《诗经》中的精华，内容包括15个地方的民歌。《诗经》大多是民歌，以四言为主，亦有杂言，创造了赋比兴的表现手法，开创了现实主义诗歌的传统。

《诗经》是先秦时期我国北方诗歌总集，其所收集的诗作大多是四言诗，也有五言和杂言的，但为数甚少。从流传下来的我国古代诗歌作品中，不难发现唐代以前的诗，无所谓平仄、对仗，因此，《诗经》所收集的诗，在形式上、格律上表现最为明显的特点是句式整齐、押韵，重章叠句是《诗经》的另外一个特点。整齐的四言句式是《诗经》用得最普遍的句式，反观五、七言句式却是用得较少。用韵有句句押韵和隔句押韵两种，一般是偶句押韵，也有奇句与奇句押韵，偶句与偶句押韵的，但较为少见。每章所用韵有一韵到底的，也有换韵的。《诗经》押古韵，由于声韵随着时代变迁而变化，有的字词现在用普通话读起来已不押韵了，如"求之不得，寤寐思服。悠哉悠哉，辗转反侧"(《关雎》)，韵为"得""服""侧"，但如今在普通话中并不属于同一韵。《诗经》的押韵以句尾韵的形式最普遍，但也有押在代词和语气词的前面，形成句中韵的，如以下《伐檀》第一章、《关雎》第二章：

坎坎伐檀兮？置之河之干兮。河水清且涟猗。不稼不穑，胡取禾三百廛兮？不狩不猎，胡瞻尔庭有县貆兮？彼君子兮，不素餐兮！

(《伐檀》)

参差荇菜，左右流之。窈窕淑女，寤寐求之。

(《关雎》)

从以上《伐檀》第一章可以看出，其韵为"檀、干、涟、廛、貆、餐"，押在语气词"兮""猗"之前。而在《关雎》第二章，我们则看出其韵为"流、求"，押在代词"之"的前面。

《诗经》的另一形式特点是重章叠句，其中诗作大多数是二章以上的，且每章的内容基本相同，故被称为重章叠句。《诗经》这一形式特点与音乐有很大的关系，究其原因是《诗经》的作品，本来就是作为合乐的歌词。《诗经》分为风、雅、颂三部分，其中"风"是民歌，是地方音乐，"雅"是周王朝直接统治地区的音乐，"颂"是赞美歌、祭乐。

2.《楚辞》是战国时期的南方诗歌

在战国时期，楚国以其独特的文化，以及当时北方文化的时代影响，造就了我国文学史上伟大的诗人屈原。在屈原身体力行的推动下，他和宋玉等创造了一种新的诗歌体式——楚辞，从而在文学史上发展了诗歌的形式。楚辞打破了《诗经》的四言形式，从三、四言发展到五、七言，奠定了它的地位。在创作方法上，它吸收了神话的浪漫主义精神，开辟了中国文学浪漫主义的创作道路。在楚辞中，屈原的《离骚》当是杰出的代表作。

《楚辞》是我国继《诗经》以后的一种新体诗，是战国时代著名诗人屈原以及受他影响的宋玉等楚国人创作的南方诗歌，其中最具代表性的当属《离骚》，因此又称为"骚体诗"。《楚辞》形式格律的特点是：它不再是《诗经》那种整齐的四言句式，而是长短参差的杂言句式。一般是双句押韵，单句末尾用一个语助词如"兮""思"之类。《楚辞》的许多诗篇都有"乱"辞，有的还有"倡"和"少歌"，如《离骚》《涉江》《哀郢》都有"乱曰"一段，这些都是结尾的形式表现，是乐曲的组成部分。由此可见，楚辞并非乐章，但它同音乐有非常密切的关系。

(二)西汉魏晋的诗

1.乐府民歌

乐府民歌的代表作是《孔雀东南飞》汉乐府民歌是汉代诗歌的主要文体，传世的约有100多首，出自汉代人民之口，"感于哀乐，缘事而发"。汉乐府中大多数诗作是叙事诗，其中有的客观地描写一个生活片段，有的则写一个有头有尾的完整的故事。在叙事的方法与篇幅上比起萌芽状态的《诗经》，有了较大的发展。这标志着叙事诗进入到一个更趋于成熟的发展阶段。乐府民歌形式多样，句式多变，它以杂言为主，并逐渐趋向五言。《孔雀东南飞》是乐府民歌中最具代表性的诗作，流传最久、影响最广。

2.风格独特的"建安风骨"

汉末建安时期，曹氏父子曹操、曹丕、曹植（被后人尊为"三曹"），以及王粲、阮瑀、应场、刘桢、孔融、陈琳、徐干（人称"七子"）继承了汉乐府民歌的现实主义传统，并普遍采用五言形式，第一次掀起了文人诗歌的高潮。他们的诗作表现了时代精神，具有慷慨悲凉的阳刚气派，这独特风格被后世称作"建安风骨"。

建安文坛的风云人物是人称"三曹"的曹氏父子，曹操作为政治家，在历史上有其不可撼动的地位，但在文学上的艺术成就，曹植要比其父最高。曹植的诗充满气势和力量，具有"骨气奇高、词采华茂"的艺术风格，且不乏描写细致、词藻华丽、善用比喻的文学功力，《赠白马王彪》是其代表诗作。在"七子"中，成就最高者当推王粲，代表作《七哀诗》（三首），是汉末战乱现实的写照。建安时代的诗普遍采用五言形式，奠定了五言诗在文坛上的坚实地位。东晋时出现了大诗人陶渊明，他的诗以描写田园风光为主，平淡自然，醇厚有味，富有意境。

（三）南北朝时期的诗

南北期时期在中国诗歌史上也称得上是重要的发展时期，涌现了一大批乐府民歌。这些乐府民歌创造了新的艺术形式和风格，更重要的是敢于直面反映了真实的社会现实。南北期时期民歌最主要的特点是篇幅短小，抒情多于叙事。鲍照是这一时期最杰出的诗人，他继承和发扬了汉魏乐府的传统，创作了大量优秀的五言和七言乐府诗，其中《拟行路难》十八首是他的代表作。鲍照成熟地运用七言句法，表现了个人的不幸和对社会不平的抗议。南北期时期还有一个在诗坛影响后世的诗人——谢灵运，他为山水诗派的创立奠定了基础，可以说是山水诗派的祖师爷。

1.南朝民歌的发展

南朝乐府保存480多首，几乎是情歌，其次是关于女性美的描写，少量其他题材。南朝民歌展现了南方的自然风光之美，也表现出南朝女子的浪漫情怀，它们基本上是写实的，多为五言四句，语言清新亮丽，抒情委婉含蓄，多用双关比喻。在南朝乐府民歌中成就最高的应属《西洲曲》。

2.北朝民歌的发展

北朝民歌传世的仅60多首，以《敕勒歌》最为著名。诗歌的主要内容，有的反映战争和北方人民的尚武精神(如《木兰诗》),有的反映人民的疾苦,有的反映婚姻爱情生活,有的描写北方特有的风光(如《敕勒歌》)。北朝民歌内容丰富,语言质朴,风格豪放;形式上以五言四句为主,对唐代诗歌的发展有较大影响。这时期比较著名的诗人是谢朓。他以山水诗见长,诗风清新流丽。他的新体诗对唐代格律诗的形成有一定影响。

(四)唐宋时期的诗

1.唐代的诗歌发展

(1)初唐诗歌发展。唐代是诗歌发展的黄金时代,在此期间产生了大量经久不衰的作品和流芳百世的诗人。格律诗是在南朝永明体的基础上发展而来的。随着"四声八病"和"永明声律论"的传播,人们逐渐认识到其中的弊端,将其整理修改,出现了更为简便的"粘对律",并由此演化出"平仄律"。五言律诗的定型是由宋之问、沈全期于唐高宗及武后时期完成的,他们不仅提倡诗歌应讲究声律和对偶,而且提出平仄相粘的规律,即一联的对句要与出句相对,下一联的出句与上一联的对句要相粘,并把这个规律贯穿全篇。沈全期、宋之问、杜审言、李峤等人将这种规律运用于七言歌体中,于是七言律诗定型在唐中宗景龙年间。

初唐时期留下了近五万首诗,成就显著、影响较大的诗人大概有五六十个,其中王勃、杨炯、卢照邻、骆宾王被尊为"初唐四杰",是唐诗开创时期的主要诗人。"初唐四杰"的诗虽然因袭了齐、梁风气,但诗歌题材在他们手中得以扩大,五言八句的律诗形式也从他们开始定型。在"四杰"之后,陈子昂提出反对齐梁诗风,提倡"汉魏风骨",他具有鲜明革新精神的代表作有《感遇诗》38首。

(2)盛唐诗歌发展。盛唐时期的诗歌发展达到了前所未有的繁荣,出现了李白、杜甫两位伟大诗人,以及很多成就显著的诗人。盛唐诗人可分为山水田园诗人、边塞诗人。

孟浩然、王维是山水田园诗人的代表,还有储光羲、常建、祖咏、裴迪等人。他们以山水田园为审美对象,把细腻的笔触投向静谧的山林、悠闲的田野,创造出一种田园牧歌式的生活,或借以表达对现实的不满、厌恶官场、远离浊世,对宁静平和的田园生活生活的向往；或描写美丽的自然风光，表达对壮丽山河热爱；或表现归耕隐居之乐，多抒发质朴、清新、恬淡、闲适，物我两忘的感情，表现不同流俗的清高，追求隐逸，有消极避世的思想。他们用语言艺术再现自然景物的艺术成就，值得后人学习。

在所有边塞诗人中，王昌龄、李颀、王之焕当是其中佼佼者，但高适、岑参两人所取得的成就则是最高的。他们的诗多描写边塞战争，边塞风光，边塞风俗，或表现戍边将士杀敌立功的慷慨激昂及捐躯赴国难的悲壮；或歌颂将士不畏辛劳、保卫边陲的战斗精神；或反映长年征战的悲苦和望月思乡的苍凉；或讽刺并劝谏拓土开边、穷兵黩武的统治者，表达对战争的厌恶，对和平的向往。在创作风格上多以雄浑豪放、奔腾峻伟见长。王昌龄的边塞诗大部分用乐府旧题抒写战士思念家乡、立功求胜的心情，他的《从军行》《出塞》历来被推为边塞诗的名作。李颀的边塞诗数量不多，但是成就突出、流传久远，他的代表作有《古意》《古从军行》。边塞诗人中，年辈较老的当推王之焕，他的《凉州词》，将远征将士的思家和哀怨表现得淋漓尽致，而他的《登鹳雀楼》，诗意高远，饱含启示和哲理，家喻户晓，妇孺皆知，流传至今，"更上一层楼"成为各行各业以及个人广泛引用的千古名句。

(3)中唐诗歌发展。这时期的作品以表现社会动荡、人民痛苦为主流。白居易是中唐时期最杰出的现实主义诗人。他继承并发展了《诗经》和汉乐府的现实主义传统，从文学理论上和创作上掀起了一个现实主义诗歌的高潮，即新乐府运动。元稹、张籍、王建都是这一运动中的重要诗人。元稹的主要作品是乐府古题19首和新乐府112首。无论从内容还是从形式来说，元诗都非常接近白居易的诗，语言通俗易懂是他们共同的特色，这是源于他们文学观点的一致。张籍和王建虽无明确的文学主张，但他们以丰富的创作成为新乐府运动的中坚。同情农民疾苦是张籍乐府诗的主题，以《野老歌》最为著名。风格与上述几人十分相近的李绅诗作虽不多，但《悯农》诗二首却为他赢得了广泛的读者。

中唐时期另一派诗人，如孟郊、贾岛、柳宗元、韩愈、刘禹锡、李贺等。与白居易相比，他们的诗歌艺术自成一派。韩愈是著名的散文家，他善以文入诗，把新的语言风格、章法技巧带入了诗坛，扩大了诗的表现领域，但同时也带来以文为诗、讲才学、追求险怪的风气。孟郊、贾岛都以"苦吟"而著名，追求奇险，苦思锤炼是他们共同的特点。刘禹锡是一位有意创作民歌的诗人，他的许多《竹枝词》描写真实，很受人们喜爱。此外，他的律诗和绝句也很有名。柳宗元的诗如他的散文一样多，多抒发个人的悲愤和抑郁。他的山水诗情致婉转，描绘简洁，处处显示出他的清峻高洁的个性，如《江雪》就历来为人们所传诵。李贺在诗歌的形象、意境、比喻上不走前任之路，拥有中唐独树一帜之风格，开辟了奇崛幽峭、浓丽凄清的浪漫主义新天地。《苏小小墓》《梦天》等都是充分体现他的独特风格的作品。

(4) 晚唐诗歌发展。晚唐时期的诗歌感伤气氛浓厚，代表诗人是杜牧、李商隐。杜牧的诗以七言绝句见长，《江南春》《山行》《泊秦淮》《过华清宫》等是他的代表作。这些诗与清丽的辞采、鲜明的画面中见俊朗的才思。李商隐以爱情诗见长，他的七律学杜甫，用典精巧，对偶工整，如《马嵬》就很有代表性；他的七言绝句也十分有功力，《夜雨寄北》《嫦娥》等是其中的名作。晚唐后期，出现了一批继承中唐新乐府精神的现实主义诗人，代表人物是皮日休、聂夷中和杜荀鹤。他们的诗锋芒毕露，直指时弊。

2. 宋代的诗歌发展

宋代的诗歌不如唐代繁荣昌盛、成果辉煌，但也形成宋诗的独特风格，表现是抒情成分减少，叙述、议论的成分增多，重视临摹刻画，大量采用散文的句法，使诗同音乐关系疏远。最能体现宋代特色的是苏轼和黄庭坚的诗。黄庭坚诗风奇特拗崛。在当时影响广于苏轼，他与陈师道一起开创了宋代影响最大的"江西诗派"。宋初的梅尧臣、苏舜钦并称"苏梅"，为奠定宋诗基础之人。欧阳修、王安石的诗对扫荡西昆体的浮艳之风起过很大作用。国难深重的南宋时期，诗作常充满忧郁、激愤之情。陆游是这个时代的代表人物，还有以"田园杂兴"诗而出名的范成大和以写景说理而出名的杨万里。南宋时期，出生海南，影响全国的著名诗人是创立道教南宗宗派的"南宗五祖"白玉蟾。他7岁能赋诗，平生博览群书，工于诗词，文词清亮高绝，其七绝《早春》被收入传统蒙学经典《千家诗》。书法善篆、隶、草,其草书如龙蛇飞动;画艺特长竹石、人物,所画梅竹、人物形象逼真。白玉蟾所著《道德宝章》(又称《老子注》),文简辞古,玄奥绝伦,独树一帜,被收入《四库全书》。著作有《海琼集》《金华冲碧丹经秘旨》《海琼白真人语录》《罗浮山志》《海琼白玉蟾先生文集》。白玉蟾是海南历史上第一位影响全国的文化名人。南宋最后一个大诗人是文天祥,他的代表作《过零丁洋》,流芳千古,特别是"人生自古谁无死,留取丹心照汗青"的名句,宣扬了宁死不屈的民族精神和奋斗不息的价值取向,激励了一代代有识之士为理想奋斗终身。

词这种文学体式,源于唐代,盛于宋代。温庭筠是唐末第一个专心躬亲于作词的人。他的作品大多关注和反映女性的离别相思,且辞藻华丽,被后人称为"花间派"。南唐后主李煜,作为皇帝,他在国家治理上的贡献不大,但他在词的发展史上且有很大的贡献,甚至占有较高的历史地位,弥补了他在政治上的失色。他后期的词艺术成就很高,《虞美人》《浪淘沙》等用贴切的比喻将感情形象化,语言接近口语,却运用得珠圆玉润。

晏殊、欧阳修等宋初词人,在这一时期先后创作了一批有代表性的作品,但依然没有脱离花间派的影响。到了柳永,开始创作长调的慢词,自此,词的规模发生了显著变化。到了苏轼,词的题材又进一步发展,怀古伤今的内容进入了他的词作之中。与苏轼同时代的秦观和周邦彦也是非常出色的词人。秦观善作小令,通过抒情写景传达伤感情绪的《浣溪沙》《踏莎行》《鹊桥仙》等是他的代表作。周邦彦不仅写词且善作曲,他创造了不少新调,对词的发展贡献很大。他的词深受柳永影响,声律严整、适于歌唱、字句精巧、刻画细致,代表作有《过秦楼》《满庭芳》《兰陵王》《六丑》等。在两宋词坛上,女词人李清照以其独树一帜的风格,占有相当重要的一席之地。

南宋初年,面临国破家亡的危局,诗词作品多表现作家们的爱国之情,辛弃疾被誉为爱国词人,他是这一时期的代表人物。受辛词影响,陈亮、刘过、刘克庄、刘辰翁等人形成了南宋中叶以后声势最大的爱国词派。南宋后期最著名的词人是姜夔,他的作品大多是记游、咏物,抒写个人身世、离别相思。在他的词作中,大多数概叹身世的飘零、情场的失意,《长亭怨慢》是他的代表性作品。他的作品受周邦彦的影响较大,基本遵循其套路,注重修辞琢句和声律,但内容缺乏关心家国和反映百姓疾苦的大我思想。

(五)元明清时期的诗

1. 元代的诗歌发展

元代在诗歌中又出现了一种新的形式——散曲。它的体式和词相近,较为自由,用韵比词严密,平仄要求不像词那么严格,可在本字外加衬字,较多地使用口语。前期以关汉卿、马致远为代表,作品与民歌相近,社会内容较多,风格质朴、刚健。中后期一些诗人的作品内容远离现实,语言越来越典雅之后,逐渐丧失了前期散曲朴素自然的特色。

2. 明代的诗歌发展

明代的文学在小说创作方面取得了很高的成就,出现了像《三国演义》《水浒传》等不朽的作品,但在诗歌创作方面,没有出现如唐代李杜那样的诗人。明弘治、正德年间的文学流派,成员包括李梦阳、何景明、徐祯卿、边贡、康海、王九思、王廷相七人,以李梦阳、何景明为代表,世称"前七子"。明嘉靖、隆庆年间的"后七子",包括李攀龙、王世贞、谢榛、宗臣、梁有誉、徐中行、吴国伦,以李攀龙、王世贞为代表。"七子领袖"名称始见于《明史·文苑·李攀龙传》,因在前七子之后,故称后七子,又有"嘉靖七子"之名。后七子继承前七子的文学主张,同样强调"文必秦汉,诗必盛唐",以汉魏、盛唐为楷模,较前七子更绝对。他们复古拟古,主格调,讲法度,互相标榜,广立门户,声势浩大,从而把明代文学的复古倾向推向高潮。后七子在文坛上活跃的时间比前七子长,他们结诗社,首推谢榛为长,后以李攀龙为领袖,之后王世贞主盟文坛达20多年。后七子的创作总体上摆脱不了前人的影响,总在"复古""反复古"上兜圈子,缺乏创造力和开拓精神,难以达到唐代诗歌的鼎盛,但明代诗歌创作也取得一定的成就。

明代影响深远的诗人是从海南走出的被后世称为"理学名臣"的丘濬。他不仅身居相卿,参预机要,且学问渊博,诗文继世。丘濬的巨著《大学衍义补》提出的"治国平天下之要"思想，也体现在他的《琼台诗文会稿》诗集中，蕴含着为国为民、廉洁奉公等重要内容，如其中《后幽怀赋》，就是丘濬抒发治国平天下雄心壮志之作。蒋冕在《琼台诗话》中评价丘濬："余观先生之诗少或数十字，多至千字，虽出于信口而成，肆笔而书者，皆足以见其正大光明之蕴，和平易接人之心，开济扩充之学，凡忠君爱国之实心，待客处友之诚意，修身正己之大节。"足见丘濬在明代的影响深远。

3.清代的诗歌发展

我国诗词发展到清代，传统和风格得到了弘扬，流派众多，但大多数作家均未摆脱拟古主义和形式主义的套路。龚自珍的诗作在清代比较有影响，以其先进的思想，打破了清中叶以来诗坛的沉寂，开创了近代文学史新风。他跳出了单纯地描写自然景物的唯美情结，绝大多数诗作关注现实政治、社会形势，抒发感慨、纵横议论，使诗成为现实社会的批判工具。黄遵宪、康有为、梁启超等人，直接将诗用作宣传工具和载体，在资产阶级改良运动中发挥文宣作用，从而推动了格律诗的进一步发展。

第二章 格律诗写作

第二章　格律诗写作

格律诗的写作和鉴赏，无论是作者还是读者，一般是从格律诗的外在形式入手，因为形式是直观的，然后才由外及里，把握其内容和精神实质。这符合人的认识规律，譬如认识和了解一个人，也都是从外表开始，逐渐走入其思想、性格、内心世界。归结起来是分两步进行的：第一步是形式，第二步才是内容，这是写作和鉴赏格律诗不同于现代小说、散文之处。写作和鉴赏现代小说、散文，运用了现代汉语，不存在阅读和表达诗作的障碍。许山河教授《诗词鉴赏概论》阐述，现代人要理解用古汉语写成的格律诗，就要先扫除文字障碍，打破语言隔阂，即进行必要的释词、解句，弄懂典故等。且格律诗的艺术形式也与小说、散文不同，它是极精简的文体，又是能合乐歌唱的文体，在艺术形式上有很多独特之处。它独特的艺术形式，也给读者的接受带来障碍，写作、鉴赏前必须弄懂悟透。对多数人来说，写作和鉴赏格律诗前，弄清其形式、字句、押韵、平仄、结构、了解名物和艺术手法，就成为写作、鉴赏前的基础工作。这就要求学习和掌握格律诗的形式、语言、押韵、平仄、结构、修辞等，帮助读者消除阅读中的遇到的障碍，以便在欣赏过程中把握诗作的内容、思想、情感。

一、格律诗的形式

格律诗外在形式指呈现于读者面前的可直接感知的语言组合形式，大体上分行排列、句式整齐、音韵和谐、节奏分明。整体上看，格律诗在语音组合上讲究音律节奏、抑扬顿挫。在所有文学样式中,格律诗以其整齐独特的外在形式将自己与其他的文学作品样式区别开来。可以说,格律诗是一种能够给读者某种特殊的视觉感受和听觉感受的文本样式。

格律诗在长期的发展中,形成了特有的形式规则,成为其艺术结构形式的具体体现。读懂、鉴赏、写作格律诗必掌握格律诗的格律知识。诗的格律形式是与诗的体裁相关联的,不同体裁的诗有不同的形式格律。诗的体裁的分类繁多,但为了方便研究格律,将秦以前的诗分为《诗经》《楚辞》两类,秦以后的诗分为三类:古体诗、近体诗(格律诗)、词,而汉魏乐府诗则包括在古体诗中。

现在所说的古体诗,一般指汉魏六朝时期的诗歌作品,以及汉魏乐府古辞、南北朝乐府民歌,还有这个时期的文人诗。汉魏六朝以后诗人们写的形式比较自由,不受格律束缚的诗也是古体诗,李白的《梦游天姥吟留别》《蜀道难》等就是此类诗作。古体诗形式比较自由,不受格律束缚,体现在:一是句式自由,有四言诗、五言诗、七言诗、杂言诗。唐代以后,四言诗少见,通常是五言、七言古体诗,简称五古和七古,三、五、七言句式兼有者,一般也称七古。二是押韵但不讲究平仄对仗。现流传下来的古体诗偶有对仗,如《木兰诗》"朔气传金柝,寒光照铁衣。将军百战死,壮士十年归"。诗中的对仗,根据后人考证,这是唐代文人按照格律诗的写法加工修改而成,并不是诗体原先本身的写作要求。

近体诗押韵的韵脚是固定的。律诗是二、四、六、八句押韵,绝句是二、四句押韵,排律是双句押韵。这三类诗的首句是否押韵不作要求。近体诗的用韵很严格,无论律诗、绝句、排律,都必须一韵到底,不能换韵,而且一般只押平声韵。也有极少数格律诗押仄声韵,如刘长卿《浮石濑》、柳宗元《江雪》、王维《杂诗》,现当代押仄声韵的格律诗很少见。

平仄在近体诗格律中很重要,影响绝句、律诗、排律的句式排列,并分别产生五言、七言的形式。近体诗依据一定的规律安排平仄,目的是通过音调高低长短的变化和节奏的交替,实现诗的声韵美。近体诗的平仄格式定型于唐代,但起端于南朝。这一时期的周顒发现汉字有平、上、去、入四种声调,详见《四声

第二章 格律诗写作

切韵》。沈约与周顺同属于南朝，他根据四声和双声叠韵研究诗句中声、韵、调的配合，要求诗的声韵要做到"一简之内，音韵尽殊；两句之中，轻重悉异"。沈约提出的这种诗歌写作主张，是律诗的平仄变化所依据的原则。经过沈约等人不遗余力地提倡，以及隋唐诗人的持续实践，到初唐时近体诗的平仄格式得以定型，并广受流传。

近体诗有五、七言句式之分，七言句式可以看作是在五言句式上再加上一个或平或仄的音节而形成的。学习格律诗，首先以五言句式为例，学会了其平仄格式就能掌握七言句式的平仄格式。平仄就是声调，古代四声为平、上、去、入，现代四声为阴平、阳平、上声、去声。古代的平，就是平声；仄，就是上、去、入声。现代的平，就是阴平、阳平，仄就是上声、去声。不论是五言还是七言的格律诗，其写作必须按相间、相对、相粘的规则进行。相间指同一诗句中平仄的交替。

五言绝句的平仄交替有四种格式。

一是仄起式，如王之涣《登鹳雀楼》：

仄仄平平仄，白日依山尽，
平平仄仄平。黄河入海流。
平平平仄仄，欲穷千里目，
仄仄仄平平。更上一层楼。

二是仄起入韵式，如西鄙人《哥舒歌》：

仄仄仄平平，北斗七星高，
平平仄仄平。哥舒夜带刀。
平平平仄仄，至今窥牧马，
仄仄仄平平。不敢过临洮。

三是平起式，如李端《听筝》：

平平平仄仄，鸣筝金粟柱，
仄仄仄平平。素手玉房前。
仄仄平平仄，欲得周郎顾，

平平仄仄平。时时误拂弦。

四是平起入韵式，如王涯《闺人赠远》：

平平仄仄平，花明绮陌春，

仄仄仄平平。柳拂御沟新。

仄仄平平仄，为报辽阳客。

平平仄仄平。流芳不待人。

七言绝句的平仄交替也有四种格式。

一是仄起式，如王维《九月九日忆山东兄弟》：

仄仄平平平仄仄，独在异乡为异客，

平平仄仄仄平平。每逢佳节倍思亲。

平平仄仄平平仄，遥知兄弟登高处，

仄仄平平仄仄平。遍插茱萸少一人。

二是仄起入韵式，如李商隐《夜雨寄北》：

仄仄平平仄仄平，君问归期未有期，

平平仄仄仄平平。巴山夜雨涨秋池。

平平仄仄平平仄，何当共剪西窗烛，

仄仄平平仄仄平。却话巴山夜雨时。

三是平起式，如窦巩《南游感兴》：

平平仄仄平平仄，伤心欲问前朝事，

仄仄平平仄仄平。惟见江流去不回。

仄仄平平平仄仄，日暮东风春草绿，

平平仄仄仄平平。鹧鸪飞上越王台。

四是平起入韵式，如李白《早发白帝城》：

平平仄仄仄平平，朝辞白帝彩云间，

仄仄平平仄仄平。千里江陵一日还。

仄仄平平平仄仄，两岸猿声啼不住，

平平仄仄仄平平。轻舟已过万重山。

以上是绝句的五言、七言平仄的 8 种格式，律诗的五言、七言平仄格式都是在此基础上衍生而来。律诗共有首、颔、颈、尾等四联八句，每两句为一联，每联的上句称为出句，下句称为对句。相对指出句和对句相应位置的平仄相反，如五言句出句为"仄仄平平仄"，则对句为"平平仄仄平"。相粘指上联对句和下联出句第二字的平仄相同。如上联对句为"平平仄仄平"，下联出句则为"平平平仄仄"。近体诗押平声韵，因而以仄声结尾的"平平平仄仄"的句式不能用作第二句，须改为"平平仄仄平"。

五言律诗的平仄交替有四种格式。

一是仄起式，如杜甫《春望》：

仄仄平平仄，国破山河在，
平平仄仄平。城春草木深。
平平平仄仄，感时花溅泪，
仄仄仄平平。恨别鸟惊心。
仄仄平平仄，烽火连三月，
平平仄仄平。家书抵万金。
平平平仄仄，白头搔更短，
仄仄仄平平。浑欲不胜簪。

二是仄起入韵式，如王维《终南山》：

仄仄仄平平，太乙近天都，
平平仄仄平。连山接海隅。
平平平仄仄，白云回望合，
仄仄仄平平。青霭入看无。
仄仄平平仄，分野中峰变，
平平仄仄平。阴晴众壑殊。
平平平仄仄，欲投人处宿，
仄仄仄平平。隔水问樵夫。

三是平起式，如王维《山居秋暝》：

平平平仄仄，空山新雨后，
仄仄仄平平。天气晚来秋。
仄仄平平仄，明月松间照，
平平仄仄平。清泉石上流。
平平平仄仄，竹喧归浣女，
仄仄仄平平。莲动下渔舟。
仄仄平平仄，随意春芳歇，
平平仄仄平。王孙自可留。

四是平起入韵式，如李商隐《风雨》：

平平仄仄平，凄凉宝剑篇，
仄仄仄平平。羁泊欲穷年。
仄仄平平仄，黄叶仍风雨，
平平仄仄平。青楼自管弦。
平平平仄仄，新知遭薄俗，
仄仄仄平平。旧好隔良缘。
仄仄平平仄，心断新丰酒，
平平仄仄平。消愁斗几千。

七言律诗的平仄交替也有四种格式。

一是仄起式，如杜甫《闻官军收河南河北》：

仄仄平平平仄仄，剑外忽传收蓟北，
平平仄仄仄平平。初闻涕泪满衣裳。
平平仄仄平平仄，却看妻子愁何在，
仄仄平平仄仄平。漫卷诗书喜欲狂。
仄仄平平平仄仄，白日放歌须纵酒，
平平仄仄仄平平。青春作伴好还乡。
平平仄仄平平仄，即从巴峡穿巫峡，
仄仄平平仄仄平。便下襄阳向洛阳。

二是仄起入韵式，如陆游《书愤》：

仄仄平平仄仄平，早岁那知世事艰，
平平仄仄仄平平。中原北望气如山。
平平仄仄平平仄，楼船夜雪瓜洲渡，
仄仄平平仄仄平。铁马秋风大散关。
仄仄平平平仄仄，塞上长城空自许，
平平仄仄仄平平。镜中衰鬓已先斑。
平平仄仄平平仄，出师一表真名世，
仄仄平平仄仄平。千载谁堪伯仲间。

三是平起式，如杜甫《客至》：

平平仄仄平平仄，舍南舍北皆春水，
仄仄平平仄仄平。但见群鸥日日来。
仄仄平平平仄仄，花径不曾缘客扫，
平平仄仄仄平平。蓬门今始为君开。
平平仄仄平平仄，盘飧市远无兼味，
仄仄平平仄仄平。樽酒家贫只旧醅。
仄仄平平平仄仄，肯与邻翁相对饮，
平平仄仄仄平平。隔篱呼取尽余杯。

四是平起入韵式，如韩愈《左迁至蓝关示侄孙湘》：

平平仄仄仄平平，一封朝奏九重天，
仄仄平平仄仄平。夕贬潮州路八千。
仄仄平平平仄仄，欲为圣明除弊事，
平平仄仄仄平平。肯将衰朽惜残年。
平平仄仄平平仄，云横秦岭家何在，
仄仄平平仄仄平。雪拥蓝关马不前。
仄仄平平平仄仄，知汝远来应有意，
平平仄仄仄平平。好收吾骨瘴江边。

格律诗的平仄讲究"一、三、五不论，二、四、六分明"的规律。即指一句诗中的第一、三、五字，平仄要求不严格，可平可仄，而二、四、六字，其平仄须严格按照格式进行写作。写作格律诗还要避免孤平和三连平，讲究拗救。孤平指"平平仄仄平"这种句式的第一字须是平声，否则除韵脚外仅有一个平声字，就叫做犯孤平。三平调指"仄仄仄平平"这种句式的第三字必须是仄声，否则最后三字变为平平平，就是三平调。拗救指平仄不按格式的诗句，在本句或对句的适当位置进行补救。

二、格律诗的语言

格律诗作为我国诗歌作品，也是一种语言艺术。许山河在《诗词鉴赏概论》阐述，语言也是格律诗的第一要素。语言是格律诗审美信息的载体，是诗人表达思想、主张、观点、情感的工具。写作和鉴赏格律诗，必须从读懂格律诗的语言入手，否则难以理解和把握格律诗的美，进而影响格律诗的鉴赏和写作。这就要把握好三点：一是将格律诗的语言同现代汉语对比，发现它有许多不同于现代汉语的特点。阐释格律诗语言特点就成为读者必须学习和掌握的重要内容。二是格律诗还有一些特殊语言，掌握这些特殊语言的用法和性质对文学鉴赏也很重要。三是格律诗作为合乐歌唱的文本，它的语言具有一种撼动人心灵的声韵美，了解和掌握格律诗语言的声韵知识，对于鉴赏和写作格律诗有很大的帮助。

（一）格律诗语言的特点

1.格律诗语言的精简性

格律诗受限于其字数和篇幅，这就要求其作者必须以最凝练的语言表达最丰富的内容、最贴切的形象、最集中的主题。故而作者必须对格律诗的语言进行锤炼，以满足写作格律诗的需要，这就决定了格律诗语言的特点是精简。方干《赠路明府》指出："凡诗需字少意多，以十字道一事者拙也，约之以五字则工矣。以五字道一事者拙也，见数事于五字则工矣。"写作格律诗，要注重"工"

字，既指诗的语言又指结构。从语言方面来看，它既指语言的精简，又指语言的形象生动。诗的语言的精简是指诗中把不必要的字、句删去，通过炼字、炼句、炼意三种方法达到用最简洁精悍的字句表情达意。诗人在创作格律诗时，为求语言精简而进行炼字，常用的方法是将谓语用作定语，如杜甫《泛江送客》的"泪逐劝杯下，愁连吹笛生"，其中"劝""吹"两个谓语动词都用作定语。如果将由谓语转化为定语的名词或名词词组和使动、意动结合起来，诗的语言就更加精简，如杜甫《秦州杂诗》的"月明垂叶露，云逐渡溪风"。诗中"明"是使动用法，这两句诗描写露珠从叶上垂下，月光把它照得晶莹透亮；风从溪上吹过，云也随风移动。作者想要表达的写作效果达到了，但作者杜甫只用十个字，可见此诗语言极其精简。

格律诗语言的精简体现在三个方面。一是句中省略，省略诗句中的各种词语和句子成分，包括主语和谓语，最后只剩下最精干的形式——名词并列。二是将几个单句紧缩为一个复句，一句多意。三是近体诗力求避免"语异意重"，特别是同一联更要避免意不相重，否则叫作"合掌"。如王维《秋夜独坐》"独坐悲双鬓，空堂欲二更。雨中山果落，灯下草虫鸣。白发终难改，黄金不可成。欲知除老病，唯有学无生。"诗中"独坐悲双鬓"与"白发终难改"意重，受到了王世懋等人的批评。又如王籍《入若耶溪》"蝉噪林逾静，鸟鸣山更幽"，谢朓《游东田》"鱼戏新荷动，鸟散余花落"，都是诗家大忌的"合掌"，《蔡宽夫诗话》对此也作批评。

从格律诗语言精简的角度看，"炼字不如炼句，炼句不如炼意"。赵翼在《瓯北诗话》中主张："知所谓炼者，不在乎奇险诘曲，惊人耳目，而在乎言简意境深，以一语胜人千百，此真炼也。"古代诗人因此都注重在炼意上下功夫。古典格律诗中的炼意，讲究两方面：一是提炼主题，使诗的立意更高，即使诗具有更好的思想内容；二是以最简的语言概括最丰富的内容，这就直接与语言的精简有关。如杜甫《自京赴奉先县咏怀五百字》中的"朱门酒肉臭，路有冻死骨"，寥寥十字，写出了当时社会贫富对立的现实，这是以高度概括性的语言达到诗句精简的写作效果。苏轼《永遇乐》中的"燕子楼空，佳人何在，空锁楼中燕"，也是如此，晁无咎在《唐宋诸贤绝妙词选》卷二赞其"三句说尽张建封燕子楼一段事"。而《唐子西文录》则做到了将炼字和炼意两者的兼顾:"东坡诗叙事言简而意尽。忠州有潭,潭有潜蛟,人未之信也。虎饮水其上,蛟尾而食之,俄而浮骨其上,人方知之。东坡以十字道尽云:'潜鳞有饥蛟,掉尾取渴虎。'言'渴'则知虎以饮水而招灾,言'饥'则蛟食其肉矣。"文中的"渴""饥"是炼字;至于炼意,则用精简的十字,就写出了潜蛟将在潭边喝水的老虎吃掉的故事。将较多的诗句压缩,绝不为了形式上的需要,也是古人的一种炼意。如唐代祖咏的应试诗《望终南残雪》所写中的"终南阴岭秀,积雪浮云端。林表明霁色,城中增暮寒"。按唐代进士考试的规定,祖咏应该赋足六韵,但他在应试时才赋二韵就交卷,并不为满足考试规定而凑足六韵,可见他对于炼意把握的胸有成竹。

2.格律诗语言的形象性

在格律诗写作中,为了语言的形象生动,诗人常常炼字、炼句。炼字以使语言形象生动是常见方法,诗人往往通过对能表示行为动作的动词和能表示事物性质特点的形容词的锤炼,而使格律诗的语言形象生动。如杜甫《登岳阳楼》"吴楚东南坼,乾坤日夜浮"。这两句诗中,"坼"字和"浮"字写出了诗人登岳阳楼的所见和体会,洞庭湖水的浩大气势,就是通过动词"坼"和"浮"表现出来的。后一句诗中,"过"字表现了飞鸟的轻捷和迅疾,如换用"落""飞""下"等其他动词,都达不到"过"字准确和生动的表达效果。

唐朝贾岛是著名的苦吟派诗人,关于推敲的故事,即是因他炼字而来。后蜀何光远《鉴戒录·贾忤旨》:"(贾岛)忽一日於驴上吟得:'鸟宿池中树,僧敲月下门。'初欲著'推'字,或欲著'敲'字,炼之未定,遂于驴上作'推'字手势,又作'敲'字手势。不觉行半坊。观者讶之,岛似不见。时韩吏部愈权京尹,意气清严,威振紫陌。经第三对呵唱,岛但手势未已。俄为官者推下驴,拥至尹前,岛方觉悟。顾问欲责。岛具对:'偶得一联,吟安一字未定,神游诗府,致冲大官,非敢取尤,希垂至鉴。'韩立马良久思之,谓岛曰:'作敲字佳矣。'"韩愈给予贾岛的这一定论,后人遂以"推敲"指斟酌字句,亦泛指对事情的反复考虑。

王安石写了《泊船瓜州》一诗,其中"春风又绿江南岸"的"绿"字,写出了春满江南的蓬勃景色,这得益于"绿"字的锤炼,亦是后人传颂的炼字佳话。《容斋随笔·续笔》云:"王荆公《绝句》云:'京口瓜州一水间,钟山只隔数重山。春风又绿江南岸,明月何时照我还?'吴中人士家藏其草,初云'又到江南岸',圈去'到'字,注:'不好',改为'过',复圈去而改为'入',旋改为'满',凡如是十许字,始定为'绿'。"这又是一则炼字的典范,在文学史上留下了广为传颂的美谈。

除了炼字,诗人还通过炼句达到诗句语言的形象生动。通过句中炼字入手,追求句法浑涵,天然工巧,让人读之不见斧凿痕迹,进而达到"状难写之景,如在目前"的审美境界,可见炼句比炼字更好。杜甫《水槛遣心》中的"细雨鱼儿出,微风燕子斜",以及《曲江二首》中的"穿花蛱蝶深深见,点水蜻蜓款款飞",就是经过锤炼使整联语言都形象生动,而不是其中个别字、词。《石林诗话》卷上对杜甫这两联诗给予很高的评价:"老杜'细雨鱼儿出,微风燕子斜。'此十字殆无一字虚设。雨细着水面为沤,鱼常上浮而淰,若大雨,鱼则伏而不出。燕体轻盈,风猛则不能胜,惟微风乃为此势,故又有'轻燕受风斜'一语。至'穿花蛱蝶深深见,点水蜻蜓款款飞。''深深'字若无'穿'字,'款款'字若无'点'字,皆无以见其精微如此。然读之浑然不觉,全似未尝用力,此所以不碍其气韵超胜。"

为追求诗句的语言形象生动而进行炼句,从六朝开始,唐代诗人更注重炼句,甚至不惜为锤炼一两个佳句而费数年之功。贾岛《送无可上人》中"独行潭底影,数息树边身"两句诗,因锤炼诗句,他竟用时三年,并感慨题诗道:"两句三年得,一吟双泪流。"这两句诗成为后人认真作诗、严谨炼字的榜样和境界。据《韵语阳秋》卷四记载:"唐朝人士,以诗名者甚众,往往因一篇之善,一句之工,名公先达为之游谈延誉,逐至声闻四驰。'曲终人不见,江上数峰青',钱起以是得名;'故国三千里,深宫二十年',张祜以是得名;'微云淡河汉,疏雨滴梧桐',孟浩然以是得名;'兵卫森画戟,宴寝凝清香',韦应物以是得名;'野火烧不尽,春风吹又生',白居易以是得名;'敲门风动竹,疑是故人来',李益以是得名;'鸟宿池边树,僧敲月下门',贾岛以是得名;'画栋朝飞南浦云,珠帘暮卷西山雨',王勃以是得名；'华裾积翠青如葱,入门下马气如虹',李贺以是得名"。可见，在唐代像贾岛这么执着、认真地炼字的诗人，还有有许多。

3.格律诗语言的含蓄性

南宋诗论家、诗人严羽在《沧浪诗话》中认为格律诗忌语言直露，主张"语忌直、意忌浅、脉忌露"。格律诗语言要达到含蓄的效果，就是写作时力求诗句语言传递的信息体现含而不露、耐人寻味的特点，亦即"意在言外""意不浅露，语不穷尽，句中有余味，篇中有余意。"格律诗语言的含蓄，实际上是诗人充分利用语言符号的多义指向和暗示性，使其含有比字面上所表达的更多的内容，从而更具引人入胜的魅力。在写作实践中，格律诗含蓄的表现形式，既有字词的含蓄，也有句子的含蓄。简析如下。

一是关于字词的含蓄。在杜甫《旅夜书怀》的"名岂文章著，官应老病休"诗句中，"岂"字在自谦之外又含有自负的意思，"应"字透露出诗人的不满和牢骚，都有虚词的含蓄的表达。在格律诗中实词的含蓄也比较常见，《诚斋诗话》就有实词含蓄的运用："杜云'遣人向市赊香粳，唤妇出房亲自馔'。上言其力穷，故曰'赊'，下言其无使令，故曰'亲'。"又如王维《终南山》"欲投人处宿，隔水问樵夫"，孟浩然《宿建德江》"野旷天低树，江清月近人"，句中"隔水""近人"两个词也是含蓄的。前者暗示山势险峻，山路盘曲，人可以隔着溪涧对面说话，要走到一起却不容易；后者暗示江水十分清澈，让人错觉月亮离人很近，其实是月亮倒映在水中。

二是关于句子的含蓄。格律诗中往往蕴含诗人的深意，这也是是含蓄的表达。如冯延巳《谒金门》中的"风乍起，吹皱一池春水"，词句难道仅仅是写春风吹皱了一池春水？当然不只如此，而是还暗示了春天的到来，引起词中女主人公春心荡漾。杜秋娘《金缕衣》中的"花开堪折直须折，莫待无花空折枝"，从诗句表面看，是作者劝人花开可以折取的时候就要尽管去折，不要等到花谢时只折了个空枝。很多格律诗现在都有新解的观点或看法，要根据时代的变迁来理解，当然每个人的认知和感悟不尽同，于是杜秋娘这一句诗确实被应用在很多地方很多事情上面，除了学校教育学生不要荒废功课外，在社会也广为应用。

如现今比较开放的情侣,在热恋中的女人会常用这句诗,含蓄地鼓动男友不只是在口头上大胆去爱,而且在行动上也要放开手脚去爱。李璟《南唐书·党与传下》中的"吹皱一池春水,干卿何事?"揶揄冯延巳管得太宽了。温庭筠《菩萨蛮》中的"新帖绣罗襦,双双金鹧鸪",不只是描写主人公穿了一件绣有成双成对鹧鸪的新罗襦,而是以鹧鸪的成双成对,含蓄地点明了女主人公的孤独和寂寞。

4.格律诗语言的多层性

语言由形、音、义三者组成,而格律诗语言信息的多层性有两个含义。一是广义,即一词多义,就是同一词语在不同的语境中传递的信息不同。这是因为古代文字极简,秦代邈作隶书时,只有三千字,许慎《说文》收集的文字,也比现在少得多。字简则取义广,同一文字的意义随所用而别。如"风"字,在"歌尽桃花扇底风"中是"歌曲",在"玉钗头上风"中是"动",在王昌龄《从军行》的"大漠风尘日色昏"中则是通常意义上的"风"。二是在同一语境中它传达的信息不是单一的,而是多层面的,有表层里层之分,浅层深层之别。

日常语言可理解为一度语言,而诗的语言是四度语言,即理解度、感官度、情感度、想象度,可见格律诗语言传递的信息是多层面。如王之涣《凉州词》"羌笛何须怨杨柳,春风不度玉门关",诗的表面意思是羌笛何必吹着哀怨的《折杨柳》曲调,玉门关外是春风吹不到的地方。诗中"杨柳"是指《折杨柳》这一歌曲的名称,"春风"是大自然中的风。但这两句诗有双关意思,弦外之音则如杨慎《升庵诗话》所说的"此诗言君恩不及于边塞,所谓君门远于万里也",点明了这诗句既有基本义,又有比喻义,传递的信息是多层的。诗人王之涣在诗中的"杨柳"既指《折杨柳》这一歌曲名,又比喻离愁;"春风"既是指大自然中的风,又比喻"君恩"。《红楼梦》写到关于黛玉联湘云诗句"冷月葬花魂","冷月"既是景语,意谓"清冷的月光",又是情语,因为月光本身无所谓冷暖,所谓"冷月",是诗人移情的结果,诗人的心境悲凉,才觉月也是"冷月";妙玉称赞这句诗说:"好诗,好诗!果然太悲凉了。"这一处关于诗的讨论,也传递出诗句的信息亦是多层的。格律诗中还常以"阳关"暗示别离,"子规"暗示悲伤,"鱼水"暗示男女欢娱等。可见,格律诗语言既能表达基本义,又能传递比喻、象征、暗示、情感等多层信息的语言。格律诗这种语言特点,是其他文体语言所没有的。

5.格律诗语言的异时性

随着历史的推进、时代的变迁,"人事物态,有时而更;乡语方言,有时而易",很多人事物态都会改变,语言词汇也发生变化,也就产生了差异。格律诗用平水韵的语言写作,同现代语言有较大的时间距离,因而在读音、释义上都同现代语言存在差异,如《诗经》第一首诗中的"关关雎鸠,在河之洲",诗中的"河",不是泛指一般的河流,而是专指黄河。谢灵运《登池上楼》"池塘生春草,园柳变鸣禽"中的"池塘",也不是水塘,因为唐以后人们将水塘称为池塘,唐以前则将池称为水塘,而塘则指堤坊、堤坝。

在格律诗中常见古今词义不同的现象。张衡《四愁诗》的"美人赠我金错刀,何以报之英琼瑶",句中"金错刀"是一种钱币,因其形如刀而得名,并非是一种刀。《木兰辞》:"问女何所思,问女何所忆",句中"思""忆"并非一般意义的"想""念",而是特指男女之间的情思。杜甫《自京赴奉先县咏怀五百字》"暖客貂鼠裘,悲管逐清瑟",句中"悲"不是悲哀,而是淋漓酣畅的意思。

格律诗语言的异时性在古今词音中也有不同。如杜牧《出行》"远上寒山石径斜,白云深处有人家",句中"斜"应读(xia),与"家"在平水韵中同押麻韵。屈原《离骚》"摄提贞于孟陬兮,惟庚寅吾以降",其中"降"应读(hong)。贺知章《回乡偶书》"少小离家老大回,乡音无改鬓毛衰","衰"在诗中应读(cui),与"回"在平水韵中同押灰韵。

6.格律诗语言的活用性

词类活用是古汉语的特点,格律诗是用文言文写的,因此同现代汉语一样,古汉语词的用法也有相应的规则,如名词常用作主语、宾语、定语,动词常用作谓语,形容词常用作定语,形容词、副词常用作状语。但有些词可按一定的语言习惯灵活运用,如名词、形容词用作动词,名词用作状语,动词用作状语等。格律诗中遇到难以用常规语法来理解的词,要根据它在句中的位置,以及它前后有哪些词类的词,跟它构成什么样的句法关系,以便理解它在句中的用

法、所充当的句子成分、在句中的含义。格律诗词类活用的主要表现有四点:

一是有些名词可以用作动词。如杜审言《和晋陵陆丞早春游望》的"云霞出海曙,梅柳渡江春",王勃《咏风》的"萧萧凉风生,加我林壑清"和《江亭月夜送别》的"寂寞离亭掩,江山此夜寒",宋之问《早发始兴江口至虚氏村作》的"何当首归路,行剪故园菜"。这四联诗中,"春""清""寒""首"都是名词用作动词。它们不再是"春天""清爽""寒冷""向"的意思,而是"春天来到""显得清爽""变得寒冷""走向"的意思。名词用作动词能使名词兼有它自身和动词两种功能,用较少的语言表达丰富的内容,以便达到语言精简的表达效果。

二是动词、名词、形容词的使动用法。动词的使动用法,就是主语所代表的人或事物并不施行这个动作,而由宾语所代表的人或事物施行这个动作。如王勃《送杜少府之任蜀州》的"城阙辅三秦,风烟望五津",是说长安的城垣、宫阙被三秦之地所"辅"(护持、拱卫);李白《梦游天姥吟留别》的"熊咆龙吟殷岩泉,栗深林兮惊层巅",是说熊、龙的吼叫声使岩泉发出巨大的回声,深林颤栗,层巅惊动;孟浩然《宿桐庐江寄广陵旧游》的"风鸣两岸叶,月照一孤舟",是说风吹动两岸的树叶使它发出鸣叫声,月光照着一条孤零零的小船。在这几句诗中,"辅"的行动者是宾语"三秦",是使动用法;"殷""栗""惊"的动作者分别是宾语"岩泉""深林""层巅","鸣"的动者是宾语"两岸叶",这些都是动词的使动用法。

在格律诗中,名词、形容词用作动词,且是使动用法,这在诗句中也常有。如常建《题破山寺后禅院》的"山光悦鸟性,潭影空人心",诗句是说山中的晴光使鸟儿喜悦地鸣叫,深潭水中的倒影湛然空明,使人心中的杂念消失干净。"悦"是形容词使动用法,"空"是名词使动用法。前面分析炼字、炼句时举例"人烟寒桔柚,秋色老梧桐""春风又绿江南岸"中的"老""绿"是形容词的使动,"寒"是名词的使动。

三是形容词的意动用法。不是说宾语所代表的人或事物具有形容词所表示的性质或状态,而是主观上认为它具有这种性质或状态,如岑参《登总持阁》的"槛外低秦岭,窗中小渭川",诗句中的"低""小"是形容词的意动用法,它是说门槛外的秦岭显得很低,从窗中望去渭水也显得很小。杨万里《诚斋诗话》载:

"'老'字盖用'赵充国请行,上老之'",可见,此处"老"字是形容词用作意动。又如杜甫《寄岳州贾司马六丈巴州严八使君两阁老五十韵》的"弟子贫原宪,诸生老伏虔",也是形容词用作意动。

四是名词、动词作状语。名动、动词作状语是指名词、动词充当副词的作用,以修饰句中的动词谓语,如苏颋《奉和春日幸望春宫应制》的"宫中下见南山尽,城上平临北斗悬",《古诗为焦仲卿妻作》的"贱妾守空房,相见常日稀",这几句诗中,"下""平""日"是名词作状语,以分别修饰动词谓语"见""临""稀";而沈如筠《闺怨》的"愿随孤月影,流照伏波营",张九龄《湖口望庐山瀑布水》的"奔流下杂树,洒落出重云",其中"流""奔流""洒落"则是动词作状语,以分别修饰动词谓语"照""下""出"。

7.格律诗语言的积淀性

作为表达诗人思想的信息符号,格律诗的语言不仅向读者传递诗人的个体意识,还传递诗人所处时代的群体意识和民族共同的审美意识。格律诗蓄积了十分丰富的传统文化,各种意象都积淀了丰富的文化底蕴和特有的审美情趣。如杜鹃作为鸟类的一种,分布于全球的温带和热带地区,在植被稠密的地方常见,种类多,别名也多,如我国的子规、布谷、杜宇、鸤鸠、越雉等,而且有许多传说,并且在中国古诗中频频出现。例如,李白在《宜城见杜鹃花》中说:"蜀国曾闻子规鸟,宜城又见杜鹃花。一叫一回肠一断,三春三月忆三巴。"怀乡望归情愫跃然纸上。再如,"望帝春心托杜鹃"(李商隐《无题》),"杏园憔悴杜鹃啼,无奈春归"(秦观《画堂春》),"从今别却江南路,化作啼鹃带血归"(文天祥《金陵驿》),这些诗句中的杜鹃意象,基本生成的是愁苦、凄婉的意境。

格律诗语言的文化积淀表现在多方面,用词具特义是其表现之一。前人作品中表示某一意义的词语,被后人不断沿用,使它具有特定的含义。如屈原在《河伯》里写了"子交手兮东行,送美人兮南浦",因此后人在写别情时,不管分手之地是否在水边,都用"南浦"代分手之地。如江淹《别赋》"送君南浦,伤如之何";张元干《贺新郎》"更南浦,送君去"。再如《楚辞·招隐士》句中有"王孙游兮不归,春草生兮萋萋"。后人也以"王孙"借指被送的友人,如王维《山中送别》的"春草明年绿,王孙归不归?"白居易《赋得古原草送别》的"又送王孙去,萋萋满别情",句中的"王孙",均指送别的友人。

格律诗语言文化积淀,表现在某些词往往是特定的事物,或与特定的情感相联系。古人有折柳赠别的礼节,皆因"柳"与"留"谐音,留下了许多杨柳别情的佳句和名言。如柳永《雨霖铃》中的"今宵酒醒何处?杨柳岸,晓风残月",王维《送元二使安西》中的"渭城朝雨湿青尘,客舍青青柳色新"。古人还常用雀燕喻小人,鸾凤比君子,浮云喻游子,日月喻君后等,都是中华民族文化积淀的反映和体现。格律诗语言的文化积淀,存在虚指内容,可从三个方面探析。

一是古人作诗填词在抒写人生上往往是虚的。格律诗作品中"未老曰老,无病曰病"的内容,给人感觉是无病呻吟的味道,这是作者为了增加作品感染力的表现手法。如辛弃疾《丑奴儿近》所写的"少年不知愁滋味,爱上层楼,爱上层楼,为赋新词强说愁",读者不要误会是实写。苏轼《江城子》中的"纵使相逢应不识,尘满面,鬓如霜"。据后人考证,苏轼写这首词时年四十岁,这年龄不可能"鬓如霜",这不是写实,是夸张的写法,作者意在渲染仕途的失意,反映生活的艰辛。

二是格律诗中地名不一定真实。有些地名甚至是诗人兴致所至或为了突出主题、符合平仄需要而增设的。如王昌龄在《从军行》七首之三所写:"青海长云暗雪山,孤城遥望玉门关。黄沙百战穿金甲,不破楼兰终不还。"诗中的青海在今青海省西宁市西,雪山指祁连山,在甘肃与青海的交界线上,玉门关在今甘肃西部。三地相隔之远,绝非诗人一览所及,但诗人却把它置于同一视野之中。格律诗中地名并非实指的虚拟现象,前人已经认识并指出:"韦苏州'春潮带雨晚来急,野渡无人舟自横。'宋人谓滁州西涧,春潮绝不能至。不知诗人遇兴遣词,大泽须弥,小则芥子,宁此拘拘?痴人前正自难说梦也"(胡应麟《诗薮·外编》卷四)。

三是格律诗中的数字不一定是实数或确指。如三、六、九、百、千、万,在格律诗中一般是表示"多""大""高"的意思,如李白《望庐山瀑布》中的"飞流直下三千尺"、岑参《白雪歌送武判官归京》中的"瀚海阑干百丈冰",句中的数字都不可当作实数。《学林新编》指出"《古柏行》曰：'霜皮溜雨四十围，黛色参天二千尺'。沈存中《笔谈》云：'无乃大细长'。某按子美《潼关吏》诗曰：'大城铁不如，小城万丈余。'岂有万丈城耶？姑言其高。'四十围''二千尺'者，亦姑言直其高且大也。诗人之言当如此，而存中乃拘拘然以尺寸校之"。王夫之在《姜斋诗话》批评因不懂格律诗语言特点从而把诗中的虚数当作实数时指出："其尤酸迂不通者，既于诗求出处，抑以诗为出处，考证事理。杜诗：'我欲相就沽斗酒，恰有三百青铜钱。'遂据以为唐时酒价。崔国辅诗：'与沽一斗酒，恰用十千钱。'就杜陵沽处贩酒，向崔国辅卖，岂不三十倍获息钱耶？求出处者，其可笑类如此。"

(二)格律诗的特殊词语

学习了格律诗语言的特点，掌握了前面所说的七种语言特点，还需要了解格律诗以下几种特殊的词语。

1.格律诗中的古词语

写作格律诗时常用到一些古词语，所谓古词语，是相对于的常用词语的。古词语有两个特点：一是使用的年代久远，在唐代以前就使用；一是使用的古词语都较生僻。由于使用古词语的年代久远，而且许多词语早已不用，现在读起来就艰涩难懂，如韩愈《南山》中的诗句"春阳潜沮洳，濯濯吐深秀。岩峦虽嵂崒，软弱类含酎"。诗中的"沮洳"出自《诗经·魏风·汾沮洳》，"彼汾沮洳"意为润泽之处；"濯濯"出自《诗经·大雅·崧高》，"钩膺濯濯"为光明之意；"嵂崒"出自司马相如《子虚赋》"其山则盘纡弗郁，隆崇嵂崒"，是山高耸的样子；"酎"出自《礼记·月令》"天下饮酎，用礼乐"，意为重酿之酒。这些词语都具备古词语以上两个特点，是古词语；反之，使用年代再早的词语也不是古词语，如"坎坎伐檀兮，置之河之干兮"，这些词语，先秦时代就使用了，使用年代虽然更早，但以后仍常使用，就是常用词语，而不是古词语。

唐代著名诗人在写作中，经常使用古词语，以期作品显得典雅、厚重。如李白《寓言三首之一》中的"周公负斧扆，成王何夔夔"，"夔夔"出自《尚书·舜典》"夔夔斋栗"；白居易《贺雨》中的"自冬及春暮，不雨旱爞爞"，"爞爞"通"虫虫"，出自《诗经·大雅·云汉》"蕴隆虫虫"，指天气热；高适《宋中遇林虑杨十七山人因而有别》中的"遥见林虑山，苍苍夏天倪"，"夏天倪"出自《庄子·齐物论》"和之以天倪"，意思是插在天边。这些古词语，比较少用，读诗中碰到这类词语，要查阅字典词典掌握其义。

2.格律诗中的代字

写作格律诗时，句中某一字常用另一个字来代替，这就是代字。格律诗讲究用代字，以便使格律诗的表情达意更为委婉含蓄。南宋沈义父在《乐府指迷》中"语句须用代字"云："炼句下语，最是紧要。如说桃，不可直说破桃，须用'红雨''刘郎'等字；说柳，不可直说破柳，须用'章台''灞岸'等字。又用字，如曰：'银钩空满'，便是'书'字了，不必更说书字。'玉筋双垂'便是泪了，不必更说泪。如'绿云缭绕'，隐然鬟发；'因便湘竹'，分明是笔。正不必分晓，如教初学小儿，说破这是甚物事，方是妙处。"

格律诗中使用代字，源于格律诗的用典和借代这两种修辞方法的应用，代字用得好，会增强格律诗的表现力和感染力。某一典故或某一借代用多了，就使得一词语能代替另一词语成为代字。因用典而形成的这一类代字，也称为诗文用语。宋吕本中《童蒙训》云："'雕虫蒙记忆，烹鲤问沉绵'，不说作赋，而说'雕虫'；不说寄书，而说'烹鲤'；不说疾病，而说'沉绵'。'颂椒添讽咏，禁火卜欢娱'，不说步节，而说'颂椒'；不说寒食，但云'禁火'，亦文章之妙也。"句中"雕虫""烹鲤""颂椒"是用典。"雕虫"源于杨雄《法言吾子》："或间：'吾子少而好赋？'曰：'然，童子雕虫篆刻'。""烹鲤"源于乐府古辞《饮马长城窟行》："客从远方来，遗我双鲤鱼。呼儿烹鲤鱼，中有尺素书。""颂椒"源于《晋书·列女传》，刘臻妻秦氏曾在正月初一献《椒花颂》，此处"颂椒"指正月初一。"沉绵""禁火"则为借代，"沉绵"是以病之性状代病；古代习俗，寒日禁火三天，因此诗句中"禁火"借代 寒食。

格律诗中有很多借用与某一事物有关的词语代替该事物的诗例。如读者耳熟能详的杜康酒，其实杜康是传说中发明酿酒的人，竹叶也仅仅是酿造的某一种酒，但在诗句中它们普遍成了酒的代字。如曹操《短歌行》的"何以解忧？唯有杜康"，杜甫《九日》的"竹叶于人既无分，菊花从此不须开"，句中的"杜康"

"竹叶"皆为酒的代字。又如嫦娥奔月的故事,传说中的月里面有玉兔、仙桂、蟾蜍,月名夜光,月御名望舒……所以,后人在格律诗中就将嫦娥、玉兔、桂华、蟾蜍、夜光、望舒等词,都替成了月的代字。

"藏头""歇后"这种割裂式借代,也是格律诗以这种修辞方式产生的词语常作为代字。如《论语·为政》中的"三十而立""友于兄弟",后人多以"而立"代替三十,这是藏头;以"友于"代替兄弟,这是歇后。又如《诗经·邶风·柏舟》中的"日居月渚,胡叠而微",《诗经·大雅·云汉》中的"周余黎民,靡有孑遗",后人遂以"居渚"代日月,以"孑遗"代黎民,这是藏头。《诗经·大雅·文王有声》中的"贻厥孙谋,以燕翼子",《诗经·邶风·谷风》中的"燕尔新婚,如兄如弟",后人也是以"贻厥"代子孙,以"燕尔"代新婚,这是歇后。写作格律诗时,是否要采用代字的修辞方式?要根据写作的内容实际和表现效果的需要进行取舍,切不可为了追求隐侧或含蓄而刻意臆造代字情形,尤其是现代人多习惯采用白话文来写作,读者对格律诗并不是很普及的现实下,滥用代字,将会影响格律诗的表现效果。《艺苑雌黄》曾对滥用代字的写作行为进行了批评:"昔人文章中,多以兄弟为'友于',以日月为'居渚',以黎民为'孑遗',以子姓为'贻厥',以新婚为'燕尔',类皆不成文理。虽杜子美,韩退之亦有此病,岂徇俗之过耶?子美云:'山鸟山花吾友于'。'友于皆挺拔'。退之云:'岂谓贻厥无基址?'又云:'为尔皆居渚'。"

3.格律诗中的双关语

双关语作为一种隐语的修辞,在格律诗写作中也常运用,其有一底一面,分为语义双关、谐音双关两种。语义双关的诗句如:

避贤初罢相,乐圣且衔杯。
为问门前客,今朝几个来?

(李适之《罢相》)

因古人称清酒为圣人,也称皇帝圣人,故以上诗中的"圣"是双关语,既指酒,也指皇帝。诗的前两句交代了最近作者离开了相位,皇帝乐意作者给贤者让了路,作者也喜欢喝酒,那就举杯痛饮吧。又如在符聪《天涯海角》"人间海景何方美,尽道天涯有洞天"中,"天涯"既指人们常说的天涯,又指诗中所写的闻名遐迩的三亚市天涯海角旅游景区;"洞天"也如此,既有人们常说的意思,也指三亚市另一个著名景区——大小洞天景区。所以"天涯""洞天"在此都是双关语。

谐音双关的修辞手法,在南朝时期的民歌中普遍使用。因为当时民间少女等民歌作者,既要表现对爱情的追求,又难以启齿地直接说出,因而用谐音的双关语暗示,这种修辞手法遂形成了在南朝民歌中存在很多谐音双关语的现象。《子夜歌》的"今夕已欢别,合会在何时?明灯照空局,悠然未有期",诗中的"悠然"与"油燃"双关,"期"与"棋"双关。《读曲歌》的"闻乖事难怀,况复临别离。伏龟语石板,方作千岁碑",诗中的"碑"与"悲"双关;《读曲歌》的"合散无黄莲,此事复何苦",用药名"散"与聚散的"散"双关,用黄连的苦与相思的苦双关;《读曲歌》的"罢去四五年,相见论故情。杀荷不断藕,莲心已复生"。诗中的"藕"与对偶的"偶"双关;"莲"与爱怜的"怜"双关,怜心即爱心。

在诗歌创作中,诗人们学习借鉴了民歌的这一手法,写了不少拟民歌,促进谐音双关语走进了文人的创作中。如李商隐《无题》中的"春蚕到死丝方尽,蜡炬成灰泪始干","丝"与"思"双关,诗的上句以蚕丝双关情思,下句以烛泪比喻眼泪。在刘禹锡《竹枝词》中的"杨柳青青江水平,闻郎江上唱歌声。东边日出西边雨,道是无晴却有晴",显然"晴"与"情"双关。

4.格律诗中的口语、俗语、俚语、方言

格律诗中的口语如"爷娘闻女来,出郭相扶将;阿姊闻妹来,当户理红妆;小弟闻姊来,磨刀霍霍向猪羊"(《木兰诗》),诗中的"爷娘""阿姊""小弟"都是口语。而王梵志《吾富有钱时》的"邂逅暂时贫,看人即貌哨",句中"邂逅"是不期而至的意思,"貌哨"指脸色难看,是唐人口语。白居易《听夜筝有感》的"江州去日听筝夜,白发新生不愿闻。如今格是头成雪,弹到天明亦任君",诗句中"格是"为"已是",均是唐代的口语。

俚语,本来指民间非正式、较口语的百姓在日常生活中总结出来的通俗易懂顺口的具有本地色彩的语言,在格律诗中则指较为粗俗的语言。如《文苑雌黄》中的"'遮莫',盖俚语,犹言尽教也,自唐以来有之,故当时有'遮莫你古时五帝,何如我今日三郎'之说"。

刘采春《啰唝曲》"不喜秦淮水,生憎江上船","生憎"是俚语,意为"深恨"。李清照《凤凰台上忆吹箫》中的"休休!这回去也,千万遍阳关,也则难留","去也""也则"也是俚语,其意为"去"和"也"。

格律诗写作中也常用到俗语。如杜甫《绝句》中"两个黄鹂鸣翠柳"的"个";李清照《永遇乐》的"如今憔悴,风鬟雾鬓,怕见夜间出去。不如向,帘儿底下,听人笑语",句中的"如今""怕见""不如""帘儿"均为俗语,同现在的词义没有差别。但有些俗语则与现在的词义不同,如杜甫《柳边》"枝枝总到地,叶叶自开春",李白《子夜吴歌》"秋风吹不尽,总是玉关情"。这两首诗中的"总",都不是表示时间的"老",而是表示范围的"全"。而李商隐《安定城楼》"不知腐鼠成滋味,猜疑鹓雏竟未休",韩愈《调张籍》"不知群儿愚,那用故谤伤",诗中的"不知"也就是现在的"不料"。

格律诗写作也经常使用地方语言,即方言。楚辞中尤其使用楚方言,如《蔡宽夫诗话》中的"楚人发语之辞曰羌曰蹇,平语之辞曰些,一经屈宋采用,后世遂为佳句,但世俗常情,不能无贵远鄙近耳"。《苕溪渔隐丛话》前集卷十一亦云:"《三山老人语录》云:'《重过何氏》(杜甫)诗云:'花妥莺捎蝶,溪喧獭趁鱼。'西北方言以'堕'为'妥','花妥'即'花堕'也。"可见杜甫《重过何氏》中的"花妥"也是方言。顾况"囝别郎罢,心摧血下",诗人自注:"囝,音蹇。闽俗呼子为囝,父为郎罢",可见"囝""郎罢"皆为闽方言。再如元稹《连昌宫词》中的"逡巡大遍凉州彻,色色龟兹轰录续","录续"即陆续,是唐代的方言。

5.格律诗中的通假字

所谓通假字,就是古代汉语中同音或音近的字的通用和假借。通假字同本字的体形、意义都不同,只是声音相同或相近。通假字在《诗经》的先秦诗歌中较多。如《诗经·七月》的"四之日其蚤,献羔祭韭",其中"蚤"为通假字,"早"为本字。又如"矢"假借为"誓",见《诗经·柏舟》的"之死矢靡它"。"剥"假借为支(pū),《诗经·七月》的"八月剥枣",即是此用法。而《楚辞·招魂》的"增冰峨峨,飞雪千里些","增"即假借为"层"。格律诗中的通假字,其读音基本上按它所表示的本字来读,如"八月剥枣","剥"读本字"攴"的读音。"誓将去女","女"读本字"汝"的读音。极少数的通假字仍读它本身的字音。

产生通假字的原因,大致有两点:一是本来有一个正字,但是写诗或抄诗的人却写了另一个同音或音近的字,这其实是写了错别字,但在先秦时期文字还没有规范,这种写法相沿下来,得到了认可,遂成为通假字。如《诗经·硕鼠》的"逝将去女,适彼乐土","逝"假借为"誓",属于这一情况。二是本来没有正字,从一开始就借用某一个字来代替,如第二人称代词"汝"就是借用"女",故"逝将去女",就是"誓将去汝",即发誓要离开你。《诗经·项伯》中"岂不尔受,既其女迁"的"女",也是"汝"的假借字。

三、格律诗的结构

经过漫长历史时期的传承、发展、弘扬,格律诗的形式与内容形成了浑然一体,这就要求深化和提升读者对格律诗的审美感受,以期增进对格律诗内容的理解和把握,从而提高读者的写作能力和欣赏水平。在《诗词鉴赏概论》一书中,许山河指出格律诗的结构在其写作和艺术表现中占有重要部分。如若将格律诗视作一栋楼堂,那么其框架就是诗的结构,字序、句式、篇章等构筑格律诗结构的材料都有独特的讲究,使它在形式上具有独特的风貌。要很好地提升格律诗的写作能力和鉴赏水平,须学习和掌握格律诗的字序、句式、篇章结构。

(一)格律诗的字序结构

词语在格律诗写作过程中是最小的、能够独立运用的语言单位。是格律诗的细胞,但这个细胞的结构也并不简单,除了具有一般的结构之外还有特殊结构,它的特殊结构表现在两个方面:一是组成词的字的顺序的颠倒,二是减字和增字。

1.诗句中颠倒字序

词语由字组成,组成词语的字有一定的顺序,这一顺序是约定俗成的,但格律诗中的词语有时为了协律和音节的关系,或为了出奇创新,把组成词的字序位置进行颠倒调整,如:

东方未晞,颠倒裳衣。

(《诗经·东方未明》)

黄鹤楼中吹玉笛,江城五月落梅花。

(李白《与史郎中钦听黄鹤楼上吹笛》)

谅非轩冕族,应对多差参。

(韩愈《孟生诗》)

法吏多少年,磨淬出角圭。

(韩愈《南内朝贺归呈同官》)

终身誓血轩辕荐,千古英名励后生。

(符聪《夜读鲁迅》)

"裳衣"为"衣裳","落梅花"为"梅花落",歌曲名。"差参"为"参差","角圭"为"圭角",为了押韵把字的顺序颠倒了。而符聪《夜读鲁迅》中的"轩辕荐",为"荐轩辕",为了平仄需要,"荐"与"轩辕"的位置颠倒了。又如:

爱汝玉山草堂静,高秋爽气相鲜新。

(杜甫《崔氏东山草堂》)

但恨口中无酒气,刘伶见我相揄揶。

(卢仝《苦雪寄退之》)

"鲜新"为"新鲜","揄揶"为"揶揄"。这些词字序的颠倒,有的是为了平仄合律,有的诗人"好用倒字",那是追求出奇创新,如方世举注韩愈《孟生诗》时指出:"唐人好用倒字,如鲜新,莽卤,角圭之类甚多。"

2.诗句中适当减字、增字

近体诗和词的句型、对仗都形成对字数的严格限制,因此,组成诗句的词语有时就不得不以减字和增字来适应这一限制。减字如:

商女不知亡国恨,隔江犹唱后庭花。

(杜牧《泊秦淮》)

金错囊从罄,银壶酒易赊。

(杜甫《对雪》)

盛时渐阮步，末宦知周防。

（高适《同诸公登慈恩寺浮图》）

"后庭花"为陈后主创作的舞曲《玉树后庭花》，全写上则多了二字，故减二字以求协律。"金错"为古代钱币金错刀，减一字以同"银壶"相对。"阮步"为"阮步兵"，指曾任步兵都尉的晋人阮籍，将"阮步兵"减一字也是为了同曾为小吏的后汉人周防相对。增字如：

箭逐云鸿落，鹰随月兔飞。

（李白《观猎》）

寿献金茎露，歌翻玉树尘。

（李商隐《陈后宫》）

禹力不到处，河声流向西。

（周朴《董岭水》）

以上列句，李白两句诗的本意是"箭逐鸿落，鹰随兔飞"，但因是五言诗句，放在鸿前加一"云"字，兔前加一"月"字，"云"字加上去后与"鸿"字构成一新词"云鸿"，以形容鸿在高处，不算增字。"月兔"则并非指月中之兔，而是地面的野兔，是要和"云鸿"形成对仗而增加一"月"字。"歌翻玉树尘"是说演奏《玉树后庭花》这一舞曲。"翻"是演奏，"玉树尘"即是指舞曲《玉树后庭花》，简为"玉树"，又为了对仗而加一"尘"字。而周朴《董岭水》中的"河声流向西"，实际上是指河流向西，因为河声是不可流的，"声"字是为了凑足五言而增。增字的做法，在古典格律诗中常见，需要后人在阅读时加以明析。

（二）格律诗的句式结构

格律诗的一般句式有四种句式不合常规，是特殊句式，它们是：错位、省略、紧缩、紧缩兼省略。错位是指诗句中的主、谓、宾、定、状、补诸种成分不是按常规顺序排列，而是或提前或推后。省略是指诗句中的词语和各种句子成分被省掉。紧缩是指将单句压缩为复句。这些特殊的句式给理解、掌握格律诗带来困难，需要认真学习领会。

1. 诗句中使用错位

古代把诗句中词的顺序不合常规也称为颠倒,也可把它称为错位,而把字的顺序不合常规称为期倒,以示区别。造成诗句中词序错位的原因,和字序颠倒的原因一样,是为了协律和追求新奇,而且后者的成分更多一些。例如,对杜甫的"香稻啄余鹦鹉粒,碧梧栖老凤凰枝",诗的主旨并不在写鹦鹉啄稻与凤凰栖梧这两件事,而是为了突出风物——香稻、碧梧之美;此外,还有"句式错综,提前宾语,形成工对,不仅凸显了主景香稻、碧梧,而且增加了音韵之美"之类,并没有什么意义。这两句即使改回"鹦鹉啄余香稻粒,凤凰栖老碧梧枝"也符合格律,而且后一句似乎更有韵味。杜甫为何以"倒文"?这样写如人在熟睡中翻翻身,自己觉得舒服,清朝人洪亮吉说:"诗家例用倒句法,方觉奇峭生动"。因为该联不像刘长卿的"柴门闻犬吠,风雪夜归人",或李商隐的"沧海月明珠有泪,蓝田日暖玉生烟"等,后者唯其如此才别有韵味,强化了感人效果,包括"鸡声茅店月"等,所有这些都是汉语诗独有的魅力。

一般来说,正常的汉语句子的词序是主语在前,谓语居中,宾语、补语在后,述语在宾语的前面,定语、状语在中心词前面。句子成分不按这种常规顺序排列,就是错位。诗句中词序错位的情况有多种,常见的有主谓错位、述宾错位、定语、状语错位和其他错位五种。主谓错位如:

居延城外猎天骄,白草连天野火烧。

（王维《出塞作》）

问君能有几多愁?恰似一江春水向东流。

（李煜《虞美人》）

兰烬落,屏上暗红蕉。

（皇甫松《梦江南》）

"猎天骄"应是"天骄猎"。"问君"应是"君问",此句是设问句,意为如果你问我有多少愁。若作问君,则问与被问恰恰相反,是李煜问别人有多少愁,显然与词意不合,故"问君"应是"君问"的错位。"暗红蕉"应为"红蕉暗"。三例诗句都把谓语放在主语之前,是主谓错位。而述宾错位的现象如下:

迟暮宫臣忝，艰危衮职陪。

（杜甫《秋日荆南述怀三十韵》）

竹沾青玉润，荷滴白珠圆。

（白居易《秋霖即事》）

故国神游，多情应笑我，早生华发。

（苏轼《水调歌头》）

龙泉三尺斩新磨。

（敦煌曲子词《定风波》）

"宫臣忝"应是"忝宫臣"，"衮职陪"应是"陪衮职"；"竹沾"应是"沾竹"，"荷滴"应是"滴荷"，也都是宾语放在述语之前，是述宾错位；"故国神游"应是"神游故国"，述语"游"和宾语"故国"错位；"龙泉三尺斩新磨"应是"磨三尺龙泉斩新"，不仅述语"磨"和宾语"龙泉"错位，定语"三尺"和补语"斩新"也错位了。定语错位如：

委波金不定，照席绮愈依。

（杜甫《月圆》）

三湘愁鬓逢秋色，万里归心对月明。

（卢纶《晚次鄂州》）

玉容寂寞泪阑干，梨花一枝春带雨。

（白居易《长恨歌》）

朱粉不深匀，闲花淡淡春。

（张先《醉垂鞭》）

以上诗句，"波金"应是"金波"，"席绮"应是"绮席"，"月明"，应是"明月"，均为定语错位。"梨花一枝"应是"一枝梨花"，"闲花淡淡"应是"淡淡闲花"，都是定语错置于中心词后。状语错位如：

晴浴狎鸥分处处，雨随神女下朝朝。

（杜甫《夔州歌》）

客病留因药，春深买为花。

（杜甫《小园》）

夜船吹笛雨潇潇，人语驿边桥。

（皇甫松《梦江南》）

何处合成愁？离人心上秋，纵芭蕉、不雨也飕飕。

（吴文英《唐多令》）

"分处处"应是"处处分"，"下朝朝"应是"朝朝下"，"留因药"应是"因药留"，"买为花"应是"为花买"，都是状语错置。"人语驿边桥"应是"人驿边桥语"，"纵芭蕉、不雨也飕飕"应是"纵不雨、芭蕉也飕飕"，也都是状语错置于中心词后。其他错位如：

群山万壑赴荆门，生长明妃尚有村。

（杜甫《咏怀古迹五首》之三）

暗飞萤自照，水宿鸟相呼。

（杜甫《倦夜》）

带雪梅初暖，含烟柳尚青。

（孟浩然《陪姚使君题惠上人房》）

好风频借力，送我上青云。

（曹雪芹《临江仙》）

以上杜甫的"生长明妃尚有村"应是"尚有生长明妃村"，是将宾语的定语置在动词之前。而他的另一首诗《倦夜》中的一联诗应为"萤暗飞自照，鸟水宿相呼。""萤""鸟"是主语，"暗飞自照""水宿相呼"是谓语；诗句将谓语的一部分置于主语之前；"带雪梅初暖，含烟柳尚青"，与此相类。曹雪芹的"好风频借力"应是"频借好风力"，"频借"是谓语动词，"力"是宾语，诗句将宾语的定语置在谓语动词之前。

2.诗句中使用省略

格律诗省略诗句中的相关词语和句子成分，只留下最重要的部分，是格律诗精简的重要方法。在诗句词句中，不仅可以省略虚词，还可以省略实词，不仅可以省略次要成分定语、状语、补语，还可以省略主要成分主语、谓语、宾语，省略到只剩下最精干的形式——名词并列。现将格律诗的省略分为省略虚词、省略实词、特殊省略三种情形简析如下。

(1)省略虚词。虚词是格律诗中没有实在意义,只有语法意义的词,因此首先是格律诗语言为求精简而省略的对象。读者极少看到格律诗中有副词、连词、介词、助词、语气词等,都被省略了。如:

暝色入高楼,有人楼上愁。

(李白《菩萨蛮》)

昨别今已春,鬓丝生几缕?

(韦应物《长安遇冯著》)

平明寻白羽,没在石棱中。

(卢纶《塞下曲》)

"有人楼上愁"省介词"在","鬓丝生几缕"省副词"又","没在石棱中"省副词"竟"。又如:

劝君更尽一杯酒,西出阳关无故人。

(王维《送元二使安西》)

荷叶罗裙一色裁,芙蓉向脸两边开。

(王昌龄《采莲曲》)

砌下落梅如雪乱,拂了一身还满。

(李煜《清平乐》)

永夜抛人何处去?绝来音。

(顾敻《诉衷情》)

以上列句,"西出阳关无故人"省连词"因为","荷叶罗裙一色裁"省连词"和","砌下落梅如雪乱"省助词"的","永夜抛人何处去"省了助词"了"。至于语气词被省略则更为普遍,本书就不再一一列举了。

(2)省略实词。在格律诗创作实践中,为求语言的精简或由于字数、平仄的限制诗句中也经常省略实词。实词的省略就是指名词、副词、动词、形容词的省略,它们在句中可充当主、谓语等主要成分和宾、定、状、补语等次要成分,但省略次要成分较为常见,在此只分析句中主要成分主语和谓语的省略。对格律诗中被省略的主、谓语,阅读时应根据诗意补上,才能准确地把握和理解诗句和作者的创作意图、思想。如：

长安恶少出名字，楼下劫商楼上醉。
天明下直明光宫，散入五陵松柏中。
百回杀人身合死，赦书尚有收城功。
九衢一日消息定，乡吏籍中重改姓。
出来依旧属羽林，立在殿前看飞禽。

（王建《羽林行》）

李白乘舟将欲行，忽闻岸上踏歌声。

（李白《赠汪伦》）

意气骄满路，鞍马光照尘。
借问何为者？人称是内臣。

（白居易《轻肥》）

在王建《羽林行》一诗中，"楼下劫商楼上醉"以下诗句除了"九衢一日消息定"一句外，主语都是"长安恶少"，但承第一句中已有"长安恶少"被省略；李白《赠汪伦》中的"忽闻岸上踏歌声"一句，其主语就是李白。这情形是"承前省"。由此看来，格律诗句中省略主语也很普遍，尤其是以第一人称写的格律诗，主语"我"在诗句中大多被省略。而白居易《轻肥》的"意气骄满路，鞍马光照尘"的主语都是"内臣"，因第四句中已经有"内臣"而被省略。这情形是"蒙后省"。

写作格律诗过程中，也常有省略谓语动词的情形。当诗句中的谓语动词被省略时，诗句便成为名词或名词词组的并列。它常有的情况，是被省略的动词可以补上，如：

浮云游子意，落日故人情。

（李白《送友人》）

空外一鸷鸟，河间双白鸥。

（杜甫《独立》）

田舍清江上，柴门古道旁。

（杜甫《田舍》）

以上李白《送友人》诗中的两句，可补上被省略的动词"似"。杜甫《独立》

诗中的两句，可补上被省略的动词"有"；《田舍》中的两句，可补上被省略的动词"在"。

(3)特殊省略。这一类省略句，看不出被省略的动词，但诗句的省略却最精干、最彻底，不仅省略了谓语，实际上省略了各种句子成分。如：

楼船夜雪瓜州渡，铁马秋风大散关。

（陆游《书愤》）

桃李春风一杯酒，江湖夜雨十年灯。

（黄庭坚《寄黄几复》）

诗句的特殊省略有两种情况：一是互文，二是利用问答省略，即藏问于答。人们一般都把互文看作修辞手法，但它本质上其实是一种省略，是以减省字词，以便使诗句符合格律诗的规则，也就是合律。具体是：两句诗中有同意语的，则按"此见彼省"的规则予以省略。可通过比勘去的做法补上所省略的字词。如：

迢迢牵牛星，皎皎河汉女。

（无名氏《古诗十九首》）

烟笼寒水月笼沙。

（杜牧《泊秦淮》）

秦时明月汉时关。

（王昌龄《出塞》）

以上所列诗句中，"迢迢牵牛星"两句也是互文，即"迢迢皎皎牵牛星，皎皎迢迢河汉女"，意思是牵牛星既遥远又明亮，织女星既明亮又遥远。而"烟笼寒水月笼沙"一句，杜牧的本意是"烟月笼寒水烟月笼沙"，即秦淮河的沙、水都在烟、月的笼罩之下，并非烟雾只笼水月只照沙。"秦时明月汉时关"本意是"秦汉时明月秦汉时关"，为绝句的音节和字数所限，前面省略"汉"字，后面省略"秦"字。

寓问于答是唐诗惯用的省略技巧。如杜甫《石壕吏》，从"三男邺城戍"到"犹得备晨炊"，中间也省略了许多问语。官吏逼老妇人交出家中的男子去戍边,老妇人说:"三男邺城戍,一男附书至,二男新战死。存者且偷生,死者长已矣。"官吏问:"难道你家中再也没有别的人了?"老妇人答:"室中更无人。"这时,她躲着的孙子哭了起来,官吏问:"这是谁在哭?"老妇人答:"唯有乳下孙。"官吏又问:"你孙子的母亲哪去了,把她交出来!"老妇人答:"有孙母未去,出入无完裙。"官吏又说:"不行,快让她跟我们走!"于是老妇人请求:"老妪力虽衰,请从吏夜归,急应河阳役,犹得备晨炊。"从中可以看出,官吏的问话及威逼都被诗人省略了,只写出了老妇人的答句。而贾岛《访隐者不遇》中的"松下问童子,言师采药去。只在此山中,云深不知处",诗的第一句后即省一问:"师往何处去"。第二句后又省一问句:"采药在何处?"第三句后再省一问句:"山中何处寻?"全诗四句20字,但有三个答句,而其问句都省略了。

3.诗句中使用紧缩句

格律诗的篇幅短小,如脍炙人口、流芳千古的李白《静夜思》等五绝,全诗才20个字,但却要在高度短小的篇幅里表达丰富的思想、情感。格律诗这一特点,要求其必须一句多意,往往用一个复句表达几个单句的意思,这种由几个单句压缩而成的复句,称为紧缩句。紧缩句是格律诗中极为凝练的句式,它可以凝练到把一个单句紧缩成只有两个字,而且把三个单句紧缩在一个七言诗句中,如:

岁寒水冷天地闭,为我起蛰鞭鱼龙。

(苏轼《登州海市》)

酒醒梦觉起绕树,妙意有在终无言。

(苏轼《十一月二十六日松风亭下梅花盛开》)

风急天高猿啸哀,渚清沙白鸟飞回。

(杜甫《登高》)

从以上列句,都采用了紧缩句,其中《登高》的两句诗,每句诗都是由三个单句紧缩而成,两句诗便写出了长江边上风很猛,蓝天深邃,猿猴的叫声凄凉,江里的水是清的,沙是白的,鸟在江上飞翔盘旋等诸多景象。五言诗比七言诗少两个字,因此五言的紧缩句是由两个单句紧缩而成,如杜甫《绝句六首》"江动月移石,溪虚云傍花";刘长卿《逢雪宿芙蓉山主人》"日暮苍山远,天寒白屋贫"。

4.诗句中使用紧缩省略句

紧缩句已经是格律诗中很精简的句式,但有时为了进一步精简字数,诗人作者在紧缩的基础上再进一步省略,这就是紧缩省略句。紧缩省略句有两种形式,一是平行语的省略,二是非平行语的省略。平行语的省略是省去构成紧缩句的单句中相同位置上的字,如:

春江花朝秋月夜,往往取酒还独倾。

(白居易《琵琶行》)

大都好物不坚牢,彩云易散琉璃脆。

(白居易《简简吟》)

乌帽拂尘青骡粟,紫衣将炙绯衣走。

(杜甫《从事行赠严二别驾》)

白居易在"春江花朝秋月夜"一句中,将"春江花朝""秋江月夜"紧缩成一句,紧缩后"江"字承前省;而在"彩云易散琉璃碎"中将"彩云易散""琉璃易碎"紧缩合并成一句,紧缩后第二个"易"字承前省略了。在"乌帽拂尘青骡粟"中,杜甫将"乌帽拂尘""青骡饲粟"两句紧缩为一句,紧缩后与"拂"字相同位置上的"饲"字被省略了;"紫衣将炙""绯衣将走"紧缩合并成一句,紧缩后第二个"将"字也承前省略了。下面再了解非平行语的省略情况,一般是下句的第一字承前省略,如:

半卷红旗临易水,霜重鼓寒声不起。

(李贺《雁门太守行》)

又有墙头千叶桃,风动落花红蔌蔌。

(元稹《连昌宫词》)

残灯无焰影幢幢,此夕闻君谪九江。

(元稹《闻乐天授江州司马》)

李贺的"霜重鼓寒声不起"这一句诗,实由"霜重鼓寒,鼓声不起"紧缩而成,但下句的"鼓"字承前省略了。而元稹在"风动落花红簌簌"一句中,将"风动落花,花红簌簌"两句紧缩合并,下句第一字"花"承前省略;在"残灯无焰影幢幢"这一句,则将"残灯无焰""灯影幢幢"两句紧缩合并,下句第一字"灯"也一样承前省略。

(三)格律诗的篇章结构

了解格律诗的字序、句式的结构,还要掌握格律诗的篇章结构。这可从以下三点来理解:一是格律诗有独特的写作章法,有人认为格律诗无所谓章法,持有这种观点是不客观的,虽然格律诗的篇章结构常有变化,但也形成自己的规律。二是格律诗没有固定的写作表达方法,也就是"定体则无,大体须有",诗的章法是灵活多变的,不是一成不变,对格律诗篇章结构的分析,应从作品实际来看待并客观研究。三是格律诗的篇章结构,是诗歌的一种艺术形式,无论创作或鉴赏,不可局限于格律诗的"格""法",否则掉进形式主义的误区。下面对格律诗的篇章结构进行分析,以期较为全面、透彻地理解。

1.诗句中常见的基本结构是起承转合

"起承转合"是诗的基本的结构格式,元代杨载《诗法宗数》最早提出"起承转合"这一结构格式:首联为"起","或对景兴起,或比起,或引事起,或就题起","要突兀高远,如狂风卷浪,势欲滔天。"颔联须"承","或写意、浅写意,或书事、用事引证。""要接破题,要如骊龙之珠,抱而不脱。"颈联须"转","与前联之意相应相避。""要变化,如疾雷破山,观者惊。"尾联为"结","或就题结,或开一步,或缴前联之意,或用事,必放一句作散场,如剡溪之棹,自去自回,言有尽而意无穷。"如崔颢《黄鹤楼》:

昔人已乘黄鹤去,此地空余黄鹤楼。
黄鹤一去不复返,白云千载空悠悠。
晴川历历汉阳树,芳草萋萋鹦鹉洲。
日暮乡关何处是?烟波江上使人愁。

首联即从黄鹤楼的由来写黄鹤楼,扣题而发。颔联顺势而承,接写诗人登黄鹤楼的怀古感受。颈联笔调一转,由怀古转写从黄鹤楼眺望汉阳城、鹦鹉洲的芳草绿树并由此而引起的乡愁。尾联以烟波江上日暮怀归之情作结，回应首联，关合全诗。又如：

  故关衰草遍，离别正堪悲。
  路出寒云外，人归暮雪时。
  少孤为客早，多难识君迟。
  掩泪空相向，风尘何处期。

（卢纶《送李端》）

首联写出了送别的地点、时令，并点明离别，说明事情的缘起。颔联承写送别，前句写被送人，后句写送行人。颈联转出新意，写送别后的感慨，一怜被送人，一悲自身。尾联以后会难期照应送别，收束全诗。

绝句则首句为起，次句为承，三句为转，四句为合，如：
  清明时节雨纷纷，路上行人欲断魂。
  借问酒家何处有？牧童遥指杏花村。

（杜牧《清明》）

诗的首句点题并交代这一节令的气候特点，是"起"。次句以人事作"承"，写出了人物并表现了人物凄迷纷乱的心境。三句是"转"，提出如何摆脱这一心境的办法。四句给人以遐想不尽的关合全诗。

虽然诗以起承转合为结构规律，但诗的写法又千变万化，不拘一格，起承转合并非一种所有诗都可套用的刻板公式，因此鉴赏时要从实际出发，如：
  洛阳访才子，江岭作流人。
  闻说梅花早，何如北地春。

（孟浩然《洛中访袁拾遗不遇》）

  两个黄鹂鸣翠柳，一行白鹭上青天。
  窗含西岭千秋雪，门泊东吴万里船。

（杜甫《绝句》）

孟浩然诗的前两句是点题，是"起"。首句"洛阳"指明地点，紧扣题目的"洛中"，"才子"即指袁拾遗；次句暗点"不遇"，这从"流人"二字中见出。三句是"转",四句即"合"了,因此这首诗无所谓"承"。杜甫《绝句》一句一景,不相连属,属于并列诗句,无所谓"起承转合"。又如杜牧《泊秦淮》,确切地说是"夜泊秦淮",写诗人月夜在泊于秦滩河的船上所见所感,按"起承转合"的结构法则应以时间为顺序组织诗句,诗就成为:"夜泊秦淮近酒家,烟笼寒水月笼沙。商女不知亡国恨,隔江犹唱后庭花。"但诗人为了造境铺色,先声夺人,把"承"句提到"起"句的前面。这也说明诗的形式服从内容,不能把"起承转合"作公式去硬套诗的结构。

2.诗句中的线型结构与面型结构

在写作时,将格律诗的结构看作组成词语的字、组成句子的词、组成篇章的句的排列顺序,这种排列顺序不是单一的,而是按不同的排列方式呈现出复杂多样的特点。虽然格律诗的结构复杂多样,却可归纳为两套阵型:线型结构、面型结构。对这两种结构类型进行分析,以深化读者对格律诗结构的认识。

"起承转合"是格律诗写作常用的行文的顺序或方法。"起"是开始;"承"是承接上文,加以申述;"转"是转折,从正面反面立论;"合"是全文的结尾。"起承转合"这种格律诗的一种单线式的结构,它是以时空顺序为线索来营构作品,即诗人依据时间的一维性和空间的连续性组织作品内容,如前面所举的那些以起承转合为结构法则的诗都是单线式结构,这是一种较为简单,同时也是较为普遍的格律诗结构形态。如杜甫《春夜喜雨》:

好雨知时节,当春乃发生。

随风潜入夜,润物细无声。

野径云俱黑,江船火独明,

晓看红湿处,花重锦官城。

杜甫这首诗的内容是写春雨,标题《春夜喜雨》中的"喜"字在诗正文中没有出现,但正如浦起龙《读杜心解》所说的"喜意都从罅缝里迸透",因为首联写诗人正盼望春雨润物的时候,雨下起来了,于是为这一场"好雨"而高兴。颔联写诗人听出雨在春夜里绵绵密密地下,想到万物受到滋润,进而高兴得睡不着,诗人希望雨下个够。颈联以野径云黑,说明雨意正浓,写出了雨合人意因而喜悦的情感。尾联想象天明后春色满城的美景，也表现出诗人喜悦的心情。所以，这首诗在结构上有明、暗两条线索，明线句句写雨，写景，暗线则句句写喜，写情。再看陆游此诗：

　　莫笑农家腊酒浑，丰年留客足鸡豚。
　　山重水复疑无路，柳暗花明又一村。
　　萧鼓追随春社近，衣冠简朴古风存。
　　从今若许闲乘月，拄杖无时夜叩门。

（陆游《游山西村》）

　　在陆游《游山西村》诗题中的游字虽没有在诗中出现，八句诗无一"游"字，但却处处切"游"字，表现出许人游兴十足，游意不尽。"游"是这首诗的主线，诗就是围绕"游"这一主线展开对农村人情真、景物美和风俗美的描写，因此对农村生活的描写是诗的副线。方东树《昭昧詹言》云："以游村情事作起，徐言境地之幽，风俗之美，愿为频来之约。"

　　3.诗句中的倒装结构

　　在写作格律诗时，因表达诗意或押韵等需要，常常会使诗句倒装，就是将原本正常排列、表达意涵的诗句的顺序打乱，将应该排在后面的字词排在前面。诗句倒装有三点原因：

　　首先，特定情理的需要。如欧阳修《戏答元珍》中"春风疑不到天涯，二月山城未见花"也是这样。欧阳修自己对这两句诗是很欣赏的，他说："修在三峡赋诗云：'春风疑不到天涯，二月山城未见花'。若无下句，则上句不见佳处。并读之，便觉精神顿出。"这是说这两句倒装诗句的意思是相连而不能分开的，因为上句只表现了诗人对山城春天来得迟的惊讶，下句才交代了产生惊讶的原因，没有下句，上句就没有着落了。王禹偁《村行》的诗句"何事吟余忽惆怅？村桥原树似吾乡"，按说是诗人发现"村桥原树似吾乡"后，才忽然产生惆怅的心情，但作者却这样写，显然作者的写法或排列，就是倒装。但这种倒装却是特定情理的需要，这是因为情感的激动往往比理性的思索更为迅速，首先是情感的突然爆发，然后才是诱因的交代说明。以上举例欧阳修和王禹偁所写的倒装诗句,其是因果关系的颠倒,这种倒装的句子,就是由特定情理决定的。

其次,诗律的需要。格律诗有其规范的、传统的、严格的写作规则,因此诗人在写作中,有时为了对仗、协律押韵、调谐平仄等,格律诗不得不将句子倒装,使整句诗在全文中合乎规范,表达作者的思想。

第三,修辞的需要。诗人在写作格律诗时,为了求得语意的新奇精妙、结构的曲折变化等,常常匠心独运地有意将诗句颠倒。如:

三月三日天气新,长安水边多丽人。态浓意远淑且真,肌理细腻骨肉匀。绣罗衣裳照暮春,蹙金孔雀银麒麟。头上何所有?翠微盍叶垂鬓唇。背后何所见?环压腰衱稳称身。就中云幕椒房亲,赐名大国虢与秦……

(杜甫《丽人行》)

炉火照天地,红星乱紫烟。
赧郎明月夜,歌声动寒川。

(李白《秋浦歌》)

《丽人行》先写贵妇人豪华奢侈的打扮,然后才点明她们是皇亲国戚虢国夫人和秦国夫人,如同前述《泊秦淮》首二句把因果颠倒一样,是为了造境铺色,先声夺人。《秋浦歌》先把炼钢的壮观场面推到读者眼前,再点明这是月夜炼钢。又如柳永《采莲令》"翠娥执手,送临歧,轧轧开朱户",也本是开户在先,执手送客至临歧路口在后,此处颠倒,是为了突出细节,深化词的"别情"主题。

姜夔《齐天乐》的"笑篱落呼灯,世间儿女,写入琴丝,一声声更苦",将"笑世间儿女,篱落呼灯"颠倒转换了一下,使句子显得脚尖卓荦,更能传神入韵。如果将苏轼的《浣溪沙》下阕,写成"门前流水尚能西,谁道人生无再少?"这样写显然太板直而少动荡,但把它颠倒成为"谁道人生无再少?门前流水尚能西",则就直中显曲,开合尽变了。格律诗的倒装句法中最常见的是时间顺序的颠倒,这种倒装句法,古人称为"逆挽法",诗句用逆挽法,因"反衬相形",能增强表现效果。如沈德潜在《说诗晬语》中评"回日楼台"的诗句"诗中得此一联,便化板滞为跳脱"。李商隐《马嵬》的"此日六军同驻马,当时七夕笑牵牛",温庭筠《苏武庙》的"回日楼台非甲帐,当时冠剑是丁年"。格律诗写作中的"逆挽法",是"倒拍本题,先入正位,叙现在事,写当下景,而后转溯从前,追叙以往,以反衬相形。因不用平笔顺拖,而用逆笔倒挽。"平常倒装的诗句,常规做法是颠倒前后两句,但有些诗人所写的格律诗倒装的诗句则不仅如此,而是三句都倒装,如"金谷俊游,铜驼巷陌,新晴细履平沙"。温庭筠《碧涧驿晓思》的诗句:"灯香伴残梦,楚国在天涯。月落子规歇,满庭山杏花。"此诗按情事排序,应为一、三、四、二,即碧涧驿旅宿者梦醒后只见孤灯荧荧,这时月亮已经落下去,子规也停止了叫声;在朦胧晓色中,看到驿舍的庭院正开满了繁茂的山杏花,这才想到身在驿馆中,而楚国则"在天涯"。王昌龄在《长信秋词》之四所写的"真成薄命久成思,梦见君王觉后疑。火照西宫知夜饮,分明复道奉恩时"。冒春荣在《葚原诗说·卷三》解释此诗时认为:"梦中情事宛然,觉后犹疑非梦。辗转寻思,君恩徒在梦中,岂非真成薄命乎?此诗以四、三、二、一为一、二、三、四,错叙到底,是以千年来无人解此。"他说的"千年来无人解此"虽未必,但却道出了这首诗的倒装特点。

四、格律诗的修辞

对格律诗表现方法和技巧有颇深的研究和造诣,许山河在《诗词鉴赏概论》中他认为,格律诗是一种精简的文体,在短小的篇幅里要表现尽可能多的内容,就不得不在怎样表现上下功夫。其次,讲究委婉、含蓄,注重文采风格是格律诗的一大美学特点,而要实现它也需各种表现方法和技巧的帮助。修辞手段是格律诗艺术美的重要组成部分,表现方法较多,探析以下。

(一)格律诗的赋、比、兴

我国诗歌至今仍广泛使用的传统表现手法有"赋、比、兴"。《毛诗序》说:"故诗有六义焉:一曰风,二曰赋,三曰比,四曰兴,五曰雅,六曰颂。""风、雅、颂"是指《诗经》的诗篇种类,"赋、比、兴"就是诗中的表现手法。

赋:是直接陈述事物的表现手法。宋代学者朱熹在《诗集传》的注释中说:"赋者,敷陈其事而直言之也。"如《诗经》中的《葛覃》就是用的这种手法。

比：是用比喻的方法描绘事物，表达思想感情。朱熹说："比者，以彼物比此物也。"如《诗经》中的《螽斯》《硕鼠》等篇即用此法写成。

兴：是托物起兴，即借某一事物开头来引起正题要描述的事物和表现思想感情的写法。唐代孔颖达在《毛诗正义》中说："兴者，起也。取譬引类，起发己心，诗文诸举草木鸟兽以见意者，皆兴辞也。"如《诗经》中的《关雎》《桃夭》等篇就是用"兴"的表现手法。

赋、比、兴这三种表现手法，常常综合运用，互相补充，对历代诗歌创作都有很大的影响，是格律诗基本的修辞手法。朱熹在《朱子语类》中认为赋、比、兴是诗的"三纬"；沈祥龙《论词随笔》云"诗有赋比兴，词则比兴多于赋"；李东阳《怀麓堂诗话》云"诗有三义，赋只居其一，而比兴居其二"。这些前人的诗论，都说明了赋比兴的修辞手法在格律诗中的重要地位。《诗经》多处运用赋比兴的方法，与《诗经》同为先秦典籍的《礼经》云："太师……教六诗：曰风，曰赋，曰比，曰兴，曰雅，曰颂。"汉代的郑玄对其注解："风，言圣贤治道之遗化也；赋之言铺，直铺陈今之政教善恶；比，见今之失，不敢斥言，取比类以言之，兴，见今之美，嫌于加，取善事以功之，雅，正也，言今之正者，以为后世法；颂之言诵也，容，诵今之德，广以美之。"郑玄对风雅颂赋比兴的解释，说明我国先贤从汉代起就研究赋、比、兴了。

诗家先贤对赋、比、兴修辞手法的解释众说纷纭，莫衷一是。郑玄认为赋比兴是用以歌颂和暴露的方法。朱熹在《诗集传》卷一认为"赋者，敷陈其事而直言之也""比者，以此物比彼物也""兴者，先言它物以引起所咏之词也"。吴孟复《赋比兴别解》则云"托事写情曰赋，托物曰比，托景曰兴"。胡寅则说"叙物以言情，谓之赋，情物尽也；索物以托情，谓之比，情附物也；触物以起情，谓之兴，物动情也"。

在我国古代以上先贤大家中，朱熹对赋、比的解释，言简意明，较为后人认可。他认为赋是"敷陈其事而直言之也"，现指铺陈、叙述的方法；比是"比者，以此物比彼物也"，指比喻、比拟的方法。格律诗离不开叙述，即离不开"赋"的表现手法。比在格律诗中也广泛运用，如左思在《咏史》写的"郁郁涧底松，离离山上苗。以彼径寸茎,荫此百尺条。世胄蹑高位,英俊沉下僚",此诗前两句就运用了比喻,涧底松比喻英俊之上,山上苗比喻世胄。

比喻有多种形式,常见的有明喻、暗喻、借喻等。明喻,是在本体和喻体之间,通常用"如""似""像"等介词连接起来的一种比喻。如"白发三千丈,缘愁似个长"(李白《秋浦歌》),"瓦房犹似浪,不显早间檐。大雨晨时绝,随风一夜潜"(符志耿《早观阜气村》)。

钱穆作为我国现代史学的名家,他在《明代大儒丘文庄公序》中高度评价明代名儒丘濬为"盖文庄不仅为琼岛一人,乃中国史之第一流人物也"。在流传下来的丘濬格律诗中,经常看到运用比喻。丘濬六岁所作的《五指参天》一诗,运用比喻娴熟练达,文学功力非同一般。如下:

五峰如指翠相连,撑起炎荒半壁天。

夜盥银河摘星斗,朝探碧落弄云烟。

雨霁玉笋空中现,月出明珠掌上悬。

岂是巨灵伸一臂,遥从海外数中原。

丘濬在诗中将五峰喻为撑起南国半壁江山的五指,从夜、朝、雨、月等四个方面描绘了五指山高峻雄伟、气势磅礴、秀丽旖旎的景色。在丘濬笔下,比喻手法运用自如:五指山夜如在银河里盥洗的手;朝如嬉弄云烟的手;雨后如玉笋在空中显现;夜里山顶上高悬的月亮,仿佛手指缝的明珠。这托着明珠的巨掌"岂是巨灵伸一臂",气势宏伟,将诗的主旨表现得淋漓尽致。丘濬将五指山比作手,在海外数中原之群山,不仅赞颂了家乡的美,也抒发自己的远大抱负。自丘濬此诗问世以来,唱和者蜂起,但无出其右者,就是现代大诗人郭沫若亦为之心折,在海南由衷地留下"五指山诗上我舌"的赞语,可知丘濬堪称是比喻运用得独具匠心的名家。

暗喻,是本体和喻体用中介词"是"连接起来的比喻。如无名氏《望江南》中的"我是曲江临池柳,者人折去那人攀,恩爱一时间",韩琮《骆谷晚望》中的"公子王孙莫来好,岭花多是断肠枝"。有时省去它们的中介词,但本体和喻体仍然有迹可寻,如杜甫《曲江对雨》"林花着雨胭脂湿,水荇牵风翠带长",省去了中介词"如""似"。而李白《秋登宣城谢朓北楼》中的"两水夹明镜,双桥落彩虹",则是"两水如夹明镜,双桥似落彩虹"分别省略了"如""似"。

借喻,是一种只有喻体,隐去本体的比喻。如"长信月留宜避晓,宜春花满不飞香",以长信宫不避晓的月比喻早雪的光洁,以宜春宫无香味的花比喻雪花,都只有喻体而隐去了本体。又如史达祖《满江红·中秋夜潮》"有物揩磨金镜净,何人挈攫银河决",前句以金镜净比喻中秋月的晶莹,后句以银河决比喻钱塘潮的气势,也都隐去了本体。由于借喻隐去了本体,不如明喻、暗喻那样直接明了,而是较隐才不致于误解诗句的本意。

在写作格律诗中运用比喻时,无论是以人喻物还是以物喻人,都称为"比拟"。《诚斋诗话》谈到比拟的例子时转述,白乐天在《女道士》中说:"姑山半峰雪,瑶水一枝莲。此以花比美妇人也。"再来看看杜牧所写的《叹花》:

自是寻春去校迟,不须惆怅怨芳时。

狂风落尽深红色,绿叶成阴子满枝。

从首诗中不难看出:很好地运用了比拟的手法。标题中的"花",正文中的"春""芳",均是作者比拟他曾经心爱、思念的佳人,诗人用"狂风落尽深红色"道出了经过岁月的洗礼和生活的坎坷,"落尽"了"深红色"的"花",比喻心上人如今已是容貌和妙龄均已不再;而"绿叶成阴子满枝"一句,则比喻此女应该早已嫁作他人媳妇且"子满枝"。据说,杜牧到湖洲游览时,偶遇一个芳龄十余岁的民间美女,诗人被其美貌吸引,当即出聘金与女孩母亲约好十年后来迎娶。但杜牧官至湖州刺史时,这个女人已经是两个孩子的母亲了,此事距杜牧与女子母亲定亲之日已过了十四年。诗人创作此诗,当是感慨万千之作。

南宋理学家朱熹指"兴者,先言他物以引起所咏之词也",说的就是起兴。这只是兴的一种,如"关关雎鸠,在河之洲。窈窕淑女,君子好逑。"诗人要说的是"窈窕淑女,君子好逑",可先说"关关雎鸠,在河之洲",用以引起他要说的话,这就是兴。这种兴的手法用在诗歌的开头,就是"起兴"。民歌喜用起兴,《诗经》中的"风"诗就是民歌,故《诗经》较多起兴。除前所举的《关雎》外,又如《蒹葭》"蒹葭苍苍,白露为霜。所谓伊人,在水一方。"《燕燕》:"燕燕于飞,差池其羽。之子于归，远送于野。"由蒹葭而引起对伊人的怀念，由燕燕而引起送女出嫁，都是起兴的手法。李白《将进酒》"君不见黄河之水天上来，奔流到海不复回。君不见高堂明镜悲白发，朝如青丝暮成雪"，张籍《山头鹿》"山头鹿，角芝芝，尾促促。贫儿多租输不足，夫死未葬儿在狱"，都是用起兴的典范。

兴的表现形式比较灵活，既用于诗的开头，也用于诗的任何部分，不是"先言他物，以引起所咏之词"的起兴所能概括的，故朱熹对兴的解释缺乏全面性的观点。以读者的观点来看"兴"，那么，凡是由一事物引起对其他事物的联想的表现手法，都是兴。因此兴作为一种表现手法是极虚极活的，如王维《山居秋暝》"空山新雨后，天气晚来秋。明月松间照，清泉石上流。竹喧归浣女，莲动下渔舟。随意春芳歇，王孙自可留。"这首诗的开头和中间都是兴，它是诗人通过描写自然美来表现人格美，诗中的泉水、青松、翠竹、青莲，其实都是诗人高尚情操的写照，它与诗的末尾表现诗人远离官场洁身自好的情怀是一致的，是诗人通过对山水的描绘寄慨言志，因此是兴的表现方法，而不是赋。杜甫《新婚别》"仰视百鸟飞，大小必双翔。人事多错迕，与君永相望"，诗中的主人公见百鸟双飞，表达了与夫君分离的生活感慨，是作者在诗末尾用兴的写法。

比的本体和喻体的关系是较为清楚的，而由一事物引起对其他事物的联想的兴的双方的关系就不那么直接明显，因此比和兴有比直而兴曲，比显而兴隐，比义狭而兴义广的差异性，又都具有因宜取类、以此喻彼的同一性，故比兴往往是连用的，或比而亦兴，或兴而兼比。比而亦兴的如：

兰叶春葳蕤，桂华秋皎洁。

欣欣此生意，自尔为佳节。

谁知林栖者，闻风坐相悦。

草木有本性，何求美人折。

(张九龄《感遇十二首》其一)

江南有丹橘，经冬犹绿林。

岂伊地气暖，自有岁寒心。

可以荐嘉客，奈何阻重深！

命运唯所遇，循环不可寻。
徒言树桃李，此木岂无阴？

（张九龄《感遇十二首》其七）

"兰叶春葳蕤，桂华秋皎洁"，"江南有丹橘，经冬犹绿林"，以兰桂丹橘比喻诗人坚贞品德，是比，也是兴。因为它引起了下文，诗人借物起兴，目的不在咏兰桂、丹橘，而是借以抒怀，因此是比而亦兴。孟郊《烈女操》"梧桐相待老，鸳鸯会双死。"以梧桐、鸳鸯比喻夫妻白头偕老，生死相依，比意十分清楚，但同时又引起了"贞妇贵殉夫，舍生亦如此"的命题，也是比中有兴。

兴而兼比的如"兔丝附蓬麻，引蔓故不长。嫁女与征夫，不如弃路旁"（杜甫《新婚别》）。"兔丝附蓬麻"两句是起兴，兔丝是蔓生的小草，附生在蓬和麻上，所以引蔓不长。诗句是以兔丝比新娘，以蓬麻比征戍的丈夫，所以它又是比，是"兴而兼比"。又如：

衡门之下，可以栖迟。泌之洋洋，可以乐饥。
岂其食鱼，必河之鲂？岂其取妻，必齐之姜？
岂其食鱼，必河之鲤？岂其取妻，必宋之子。

（《诗经·陈风·衡门》）

闻一多曾作了解释：衡门曰"横门"，与泌俱为古代男女相约之地。"乐"字鲁诗韩诗均作"疗""男女不遂为'饥''疗饥'的真谛还是以疗情欲之饥为妥。"基于这种理解，闻一多将此诗归为爱情诗。按照这一见解和主张，则每章的前两句，都是"先言他物，以引起所咏之词"的起兴。古人多将鱼比喻相爱的男女一方，因此起兴又是比喻，比喻男女的婚娶。在写作实践中，古人是可以兴而兼比的。

可见，格律诗最基本、最常用的表现方法是赋比兴。赋是敷陈其事而直言之，是正面叙写，比兴则多从侧面甚至反面着笔（如反比），因此比正言直陈的赋多拐了个弯儿。其中兴虽较比更为曲隐，但比兴往往连用，亦兴亦比，融成一片。在写作实践中，赋比兴的写作手法在诗中交替使用，不仅促进了诗的发展，而且使诗的表情达意实现了内涵丰富、形式多样。

(二)格律诗的对仗

作为格律诗重要的修辞手法，对仗(也称对偶)是格律诗写作的必备要求。其实，对仗是古代诗歌中很重要的一种修辞格式，在先秦的诗歌中就已存在了，它体现了诗歌均衡美的特色。对仗是律诗中有别于绝句的重要标志，它要求颔联(三、四句)、颈联(五、六句)对仗，要使相应词语的词性相同或相近，要平仄相反。写律诗时，对仗不工不严的情况大致有词性不同、平仄未相反、对仗出现偏枯等几种；律诗四联中，首尾两联可对可不对，中间两联须用对仗。绝句一般是截取律诗的首尾两联，这就完全不用对仗。如果是截取律诗的后半，则开始一联用对仗；若截取律诗的前半，则后面一联用对仗，但这两种情况较为少见；也有截取中间两联的，如杜甫《绝句》"两个黄鹂鸣翠柳，一行白鹭上青天。窗含西岭千秋雪，门泊东吴万里船"，全诗用对仗。排律的首尾两联可对可不对，中间各联一律要用对仗，如符聪的排律《不忘初心》(见本书第四章)。

对仗要求一联的两句句法结构相同，但也可只要字面相对，不求句法结构相同的。字面相对是指一联中相同位置的词词性一样。对仗的基础是词性。词性分为10类。即：名、动、形、量、代(此为实词)；副、介、连、助、叹(此为虚词)。对仗即实对实(名对名，动对动，形对形，数对数，代对代等)；虚对虚(副对副，介对介，连对连，助对助等)。另外重叠词对重叠词，联绵词对联绵词(即联合词，二字不能拆开，如差参、葡萄、蜘蛛)。联绵词多为双声，叠韵，或既双声又叠韵，如辗转。"窗含西岭千秋雪，门泊东吴万里船"两句的句法结构相同，是对仗。符聪《春花漫天涯》的诗句"花花世界轻浮盛，朗朗乾坤厚实多"，不难看出"花花世界"对"朗朗乾坤"，"轻浮"对"厚实"，"盛"对"多"，属于对仗中的工对。而"永忆江湖归白发，欲回天地入扁舟"(李商隐《安定城楼》)上句的"归白发"是"白发归"的错位，与下句"入扁舟"的结构不一样，但因"归""入"都是动词，"白发""扁舟"都是名词，字面相对，因此也是对仗。

随着历史的推进，时代的变迁，格律诗也在变革中发展。在创作格律诗时，有不少作者突破了唐人形成的严格的对仗规则。关于律诗的对仗问题，在此引举一些前人打破陈规的诗例进行说明。流行本《唐诗三百首》选入李白的五言律诗 5 首,其中 3 首的对仗是宽对或不对仗,如:"醉月频中圣,迷花不事君"(颈联),"余亦能高咏,斯人不可闻"(颈联),"此地一为别,孤蓬万里征"(颔联)。《唐诗三百首》选入杜甫的五言律诗 10 首,其中 6 首的对仗是宽对或不对仗,如:"遥怜小儿女,未解忆长安"(颔联),"近侍归京邑,移官岂至尊"(颈联),"露从今夜白,月是故乡明"(颔联),"鸿雁几时到,江湖秋水多"(颔联),"列郡讴歌惜,三朝出入荣"(颈联),"名岂文章著,官应老病休"(颈联)。如按格律诗严格的对仗规则,以上所列举的李白、杜甫诗句都应是不符合对仗规则的诗句。由此可见,一般情况下,写作律诗还是要遵守其对仗的规范,但有时为了表达思想主题,而放宽对仗要求,甚至不对仗。

(三)格律诗的夸张、想象

夸张是指对客观现实进行夸大或缩小的艺术加工,它不符合生活的真实,却能获得更好的艺术效果。夸张这一表现手法,在富有浪漫气息的格律诗中尤多,如:

噫吁嚱,危乎高哉,蜀道之难,难于上青天。

(李白《蜀道难》)

何时结伴三沙去,定赋诗歌五百篇。

(符聪《亲海》)

衰兰送客咸阳道,天若有情天亦老。

(李贺《金铜仙人辞汉歌》)

以上诗句都用了夸张的手法。这些被夸张的事物,不合事实,却不悖情理。即虽不会有这样的事实,但于情于理却可以理解。按事实说,蜀道难走,总不会比上青天更难,而以"蜀道之难,难于上青天"夸张蜀道的艰难,就会使人们对蜀道的艰险有更深刻的理解和获得更强烈的印象。无论到哪里参观、访问、旅游,即便作者诗兴大发,写了很多诗或文章,但再多也不可能多到 500 篇。符聪《亲海》的诗句"定赋诗歌五百篇",运用了夸张的手法,抒发了对祖国的三沙美景的向往。天既不会有情也不会老,所以"天若有情天亦老"也是以夸张的手法写铜人离别的悲痛感动苍天。

夸张的手法有两种，一是正向夸张，那就是把事实夸大；一是反向夸张，那就是把事实缩小，正向夸张的诗句，如：

白发三千丈，缘愁似个长。

（李白《秋浦歌》十五）

君不见黄河之水天上来，奔流到海不复回。

（李白《将进酒》）

周余黎民，靡有孑遗。

（《诗经·云汉》）

以上诗句都运用了夸张的手法，因愁而生的白发三千丈长；黄河之水像从天上来；西周灭亡了，百姓没有一个留下来。这些夸张都是夸大事实，是正向夸张。格律诗中运用反向夸张的手法，也屡见不鲜。如：

燕草如碧丝，秦桑低绿枝。

（李白《春思》）

日月笼中鸟，乾坤水上萍。

（杜甫《衡州送李大夫》）

遍望齐州九点烟，一泓海水杯中泻。

（李贺《梦天》）

以上列句，燕地的草细得像绿色的丝；太阳、月亮就像笼中的鸟那样小，乾坤就像水上的萍那么轻。中国的九州就像九点烟尘，大海之小如同打翻了的一杯水；这些诗句运用了缩小事实的夸张手法，是反向夸张。

格律诗中的夸张往往和比喻连用，以取得更强烈的夸张效果。如上所举的反向夸张的几例，全是夸张与比喻连用，又如：

一片碎石大如斗，随风满地石乱走。

（岑参《走马川行奉送出使西征》）

燕山雪花大如席，片片吹落轩辕台。

（李白《北风行》）

上面两句诗，岑参将碎石比斗还大，而李白却说燕山雪花比席还大。这都是以比喻加强夸张,从而具有更好的夸张效果。

想象也是诗人常用尤其是浪漫主义诗人所喜用的表现手法。诗人在创作时,要如陆机《文赋》所说的"精骛八极,心游万仞",展开想象的翅膀翱翔。毫不夸张地说,没有想象力成不了诗人,没有想象就没有诗。想象这一修辞手法在格律诗中的表现是多方面的,例如,浪漫主义诗人李白喜欢驰骋想象,创造出神奇瑰丽的幻想世界。

半壁见海日,空中闻天鸡。千岩万转路不定,迷花倚石忽已暝,熊咆龙吟殷岩泉,栗深林兮惊层巅。云青青兮欲雨,水澹澹兮生烟。列缺霹雳,丘峦崩摧,洞天石扉,訇然中开。青冥浩荡不见底,日月照耀金银台。霓为衣兮风为马,云之君兮纷纷而来下。虎鼓瑟兮鸾回车,仙之人兮列如麻。

(李白《梦游天姥吟留别》)

诗人的想象也常从天上地下、神仙境界中走出,面对人世间一些普通事物,诗人也常忽发想象而使诗歌奇情四溢,如:

秋应为红叶,雨不厌苍苔。

(李商隐《寄裴衡》)

天下伤心事,劳劳送客亭。
春风知别苦,不遣柳条青。

(李白《劳劳亭》)

以上两例,李商隐的那首诗想象很新颖。秋天枫叶变红,秋雨绵绵,绿苔滋生,这也是很普通的现象,但诗人却想象秋天是为红叶来到人间的,雨对苍苔特别喜好,所以不断地下,以让它长得更茂盛。李白的《劳劳亭》后两句是神来之笔,出自诗人奇特的想象。诗是写劳劳亭送别的,古时有折柳送别的习俗,此时杨柳未青,无枝可折,这本是平常之事。诗人却忽生奇想,想象这是春风深知别离之苦,不忍看到折柳送别的场面,因此故意不吹到柳条,不让它发青。

格律诗中还有"想象中的想象"的写法。王夫之在《姜斋诗话》称之为"影中取影",如《诗经·小雅·出车》末章:"春日迟迟,卉木萋萋;仓庚喈喈,采蘩祁祁。执讯获丑,薄言还归。赫赫南仲,玁狁于夷。"这首诗的末两句,就是"想象中的想象。"诗是写出征归来的路上,战士想象妻子即将面临凯旋场面的高兴心情,所以前六句并非实写,而是战士的想象。末两句更是战士代妻子设想自己凯旋回家的英姿,所以是"想象中的想象",在格律诗写作实践中并不多见。

(四)格律诗的借代、用典

用与某一事物有联系的另一事物来代替某一事物的修辞手法,就是借代。如晏几道《鹧鸪天》"彩袖殷勤捧玉钟,当年拼却醉颜红",陆游《钗头凤》"红酥手,黄藤酒,满城春色宫墙柳",牛希济《生查子》"记得绿罗裙,处处怜芳草"。"彩袖""红酥手""绿罗裙"都是借代,"彩袖"代诗人爱恋的歌女,"红酥手"代诗人陆游离异的妻子唐婉,"绿罗裙"代词中的女主人公,都是以物代人,以部分代全体的手法。

借代中最多的是人、地的借代。如:

边庭流血成海水,武皇开边意未已。
君不闻汉家山东二百州,千村万落生荆杞。

(杜甫《兵车行》)

汉皇重色思倾国,御宇多年求不得。

(白居易《长恨歌》)

汉家烟尘在东北,汉将辞家破残贼。

(高适《燕歌行》)

男儿西北有神州,莫滴水西桥畔泪。

(刘克庄《玉楼春》)

海外徒闻更九州,他生未卜此生休。

(李商隐《马嵬》)

愿将腰下剑,直为斩楼兰。

(李白《塞下曲》六首其一)

"武皇""汉皇"代"唐皇","汉家"代"唐家","汉将"代"唐将",这是唐诗中"借汉说唐"的惯用手法,是为了使表达委婉,避免直指。神州、九州代指中原、中国。楼兰是西域小国,代指唐时塞外其他小国。其他借代如:

熟读王叔和，不如临症多。

（《儒林外史》第三十一回）

借代和借喻都有"借"的手法，而且本体都被隐去了，这是两这种修辞手法的相似之处。它们的区别则在于：借代是简单地用一事物代替事物，一般不含有更深的意思，较为明朗；借喻则除了"借"以外，还有"喻"的功用，它的表层形象（能指）和深层意蕴（所指）之间的关系较为曲隐。

用典是诗人词人用过去事来写当前意的一种手法。隋唐以前诗中用典不多，隋唐以后格律诗中用典使事则成了常见现象，尤其是"以才学为诗"的宋人，更喜用典。如：

我居北海君南海，寄雁传书谢不能。
桃李春风一杯酒，江湖夜雨十年灯。
持家但有四立壁，治病不蕲三折肱。
想得读书头已白，隔溪猿哭瘴溪藤。

（黄庭坚《寄黄几复》）

诗的首句用楚子问齐桓公"君处北海，寡人处南海，惟是风马牛不相及也"的典故。次句用《汉书·苏武传》中雁足传书的典故。五句用司马相如"家居徒四壁立"的典故。六句用《左传》定公十三年："三折肱，知为良医"的典故。八句诗有一半用了典，是诗中用典比较多的。

格律诗用典有多种用法，如明用、暗用、正用、反用等。明用是诗中引用典故比较明显，无须费力就可看出，如《寄黄几复》诗中的用典全是明用。暗用典是把典故融化在诗句里，几乎看不出用典，就像糖溶化在水里，看不见糖而有甜味。如"人生在世不称意，明朝散发弄扁舟"（李白《宣州谢朓北楼饯别校书叔云》)，诗句是说仕途不称意，不如归隐江湖，看不出是用典，其实却用了范蠡"乘扁舟浮于江湖"的典故。又如"五更鼓角声悲壮，三峡星河影动摇"（杜甫《阁夜》）。《名贤诗话》评这两句诗说："人徒见凌轹造化之功，不知乃用事也。《祢衡传》：'挝渔阳惨，声悲壮'。《汉武故事》：'星辰动摇，东方朔谓民劳之应。则善用故事者为系风捕影，岂有迹耶？"

上引各例用典均为用其原意,是正用。反用则是诗中所用的典故不是用其原意,而是取其反面的意思。如"宣室求贤访逐臣,贾生才调更无伦。可怜夜半虚前席,不问苍生问鬼神"(李商隐《贾生》),诗用的是《史记·屈贾列传》中汉文帝于宣室向贾谊求教的典故。《史记》的这一典故,本意是颂扬汉文帝求贤若渴,但李商隐却以"不问苍生问鬼神"对汉文帝的求贤只是为了询问鬼神之事而不是请教治国安民之道予以讽刺,这就不再是用它的原意,而是反用典故。又如:"汉家旌帜满阴山,不遣胡儿匹马还。愿得此身长报国,何须生入玉门关"(戴叔伦《塞上曲》),结句诗本出自班超出使西域,晚年思乡之情大发,上书朝廷,谓"臣不敢望到酒泉郡,但愿生入玉门关"。却以"何须"二字反其意用于诗中,以表现戍边将士的爱国精神。再如杜甫《九日》诗中"羞将短发还吹帽,笑情旁人为正冠"两句,也是反用《世说新语》刘孝标注引《孟嘉别传》之典。《诚斋诗话》评这两句诗说:"将一事翻腾作一联,又孟嘉以落帽为风流,少陵以不落为风流,翻尽古人公案,最为妙法。"

(五)格律诗的复叠、排比

复叠是指格律诗中字、词、句、章节的重复和重叠。格律诗中字、词、句的重叠分别称为叠字、叠词、叠句,章节的重叠叫重章。字的重叠能起到形容和加重情感的作用,在格律诗中较为常见,如:

年年岁岁花相似,岁岁年年人不同。

(刘希夷《代悲白头翁》)

青青河畔草,郁郁园中柳。
盈盈楼上女,皎皎当窗户。
娥娥红粉妆,纤纤出素手。

(《青青河畔草》)

格律诗惜墨如金,故双音节和多音节词的复叠在诗中甚为少见,但某些词调则由于格律的需要,出现了双音节词的复叠。句意重复是诗的大忌,更何况连字面都重复,故完全重复的叠句只在《诗经》在中常见,而在别的诗中极为少见。

一字不易的章节的重叠在格律诗中是没有的,读者说的"重章",是前后章节的内容大体相同，但改动了少数字、词。重章和叠句都只在《诗经》中较为常见，这是因为《诗经》中的诗多数是民歌，章、句的复叠是由重复歌唱形成的，如《月出》："采采芣苢，薄言采之。采采芣苢，薄言有之。采采芣苢，薄言掇之。采采芣苢，薄言捋之。采采芣苢，薄言袺之。采采芣苢，薄言襭之。"也有的是用以表示事物进展的程度和顺序，如《采葛》的第一章是"彼采葛兮，一日不见，如三月兮。"第二、三章改"采葛"为"采萧""采艾"，改"三月"为"三秋"、"三岁"，表示想念的程度随着时间的推移而加深。

排比是由结构相似的平行诗句构成。排比诗句往往能使作品的气势连贯，增强作品的感染力。排比的修辞手法在民歌中较为常见，如：

东市买骏马，西市买鞍鞯，南市买辔头，北市买长鞭。旦辞爷娘去，暮宿黄河边，不闻爷娘唤女声，但闻黄河流水鸣溅溅。旦辞黄河去，暮至黑山头，不闻爷娘唤女声，但闻燕山胡骑鸣啾啾。

（《木兰诗》）

江南可采莲，莲叶何田田。鱼戏莲叶间。鱼戏莲叶东，鱼戏莲叶西，鱼戏莲叶南，鱼戏莲叶北。

（《江南》）

这种排比句式在格律诗中，由于格律的要求变成了更严格的对偶句式，格律诗的对仗可视为极严格的排比句，是排比句的特例。古体诗没有近体诗那样严格的格律，所以也有以排比的修辞手法形成的排比句式。如：

旧犬喜我归，低徊入衣裾。
邻里喜我归，酤酒携胡芦。
大官喜我来，遣骑问所须。
城郭喜我来，宾客盥村墟。

（杜甫《草堂》）

我有所念人，隔在远远乡；
我有所感事，结在深深肠。

（白居易《雨夜》）

思为莞蒻席,在下蔽匡床;
愿为罗衾帱,在上卫风霜。

(张衡《同声歌》)

(六)格律诗的对比、衬托

格律诗写作常运用对比手法。就是将两种性质相同情状相反的事物写在一起,让它们在同一语境中形成具有强烈反差的艺术效果。格律诗中常见的对比,是诗人将不同阶层人物的境遇进行对比。如:

陶尽门前土,屋上无片瓦。
十指不沾泥,鳞鳞居大厦。

(梅尧臣《陶者》)

战士军前半死生,美人帐下犹歌舞。

(高适《燕歌行》)

烧瓦工人把门前的土都烧完了,仍然住不上瓦屋,手不沾泥的富豪却住上了瓦片鳞鳞的高楼大厦。战士们在沙场奋勇杀敌,死伤过半,而将军们却在军营里观赏美人歌舞,寻欢作乐。诗人用对比的方法,将不同阶层人的处境和生活进行对比,进而对社会存在的苦乐不均、贫富不匀的不公平、不合理现象进行揭露。以回忆或对梦境的描写,造成时间上的今与昔及梦境与现实的对比,也是诗词中常见的对比。如:

壮岁旌旗拥万夫,锦襜突骑渡江初。燕兵夜捉银胡䩮,汉箭朝飞金仆姑。
追往事,叹今吾,春风不染白髭须。却将万字平戎策,换得东家种树书。

(辛弃疾《鹧鸪天》)

去年元夜时,花市灯如昼。月上柳梢头,人约黄昏后。
今年元夜时,月与灯依旧。不见去年人,泪湿春衫袖。

(欧阳修《生查子》)

辛弃疾以回忆年轻时英勇抗敌的经历,与晚年的凄凉生活对比,以表现爱国英雄失意的悲情。欧阳修《生查子》写去年元夜与今年元夜的对比,原本景物依旧,而人事已非,上阕的欢愉,与下阕的悲苦,形成鲜明的对比。游子思妇,离情别意是格律诗中常常歌咏的，在这一类抒写离别情意的格律诗里，诗人也常将自己与所思念的人的情感、处境放到一起来写，以对比的手法加深对思念之情的表达。

李商隐《无题》"晓镜但愁云鬓改，夜吟应觉月光寒"中，前句是女子自谓每天早晨对镜梳妆，都为镜中自己的容貌一天天衰老而发愁。后句是为对方设想，是说您在晚上吟诗作赋，不宜太久，因为夜色寒冷，还宜多加保重。作者将己方的"晓"与对方的"夜"予以对比，以表现对对方的日夜思念，更写出女子的痴情苦意和缠绵缱绻。

周邦彦《过秦楼》写道："空见说，鬓怯琼梳，容销金镜，渐懒趁时匀染。梅风地溽，虹雨苔滋，一架舞红都变。谁信无聊为伊，才减江淹，情伤荀倩。"前四句写了听说对方的情况：她浓密的黑发稀疏了，因此怕用琼玉般的梳子，青铜镜里见出容颜日益消瘦，就渐渐地懒得作时新的打扮。"谁信无聊"三句则写自己由于离情难遣，因此像江淹那样才思减退，像荀倩那样神情伤损。这些都是运用对比的手法，将对方与己方进行对比，展现了两情的艰辛和苦楚。

格律诗写作还常运用衬托手法。衬托，就是诗人有意识地叙写次要事物，用以陪衬和烘托主要事物或主题思想，使之达到鲜明、生动、深刻的表现方法。衬托有正衬、反衬等不同类型，而正衬又有以景衬景、以情衬情、以景衬情、以实衬主等多种形式。如：

落木千山天远大，澄江一道月分明。

（黄庭坚《登快阁》）

星垂平野阔，月涌大江流。

（杜甫《旅夜书怀》

上两例都是以景衬景。黄庭坚以群山落叶的树木来映衬秋天天空的辽阔空旷，以江水中分明的月影来映衬江水的澄清。杜甫则以星光遥挂如垂来烘托平野，更见出平原的茫无际涯；以倒映在长江中的月影的涌动来烘托长江的水流，就愈见长江水势的浩大。而以下这两首诗都是以情衬情的写法：

峥嵘赤云西，日脚下平地。
柴门鸟雀噪，归客千里至。
妻孥怪我在，惊定还拭泪。
世乱遭飘荡，生还偶然遂。
邻人满墙头，感叹亦歔欷。
夜阑更秉烛，相对如梦寐。

（杜甫《羌村三首》之一）

杜甫的《羌村三首》表现的是诗人在"世乱遭飘荡，生还偶然遂"时全家的惊喜。诗不仅写出了"妻孥怪我在，惊定还拭泪"这一全家惊喜的场面，还以"邻人满墙头，感叹亦歔欷"来衬托，即以邻人的惊喜来衬托诗人全家的惊喜。

闺中少妇不知愁，春日凝妆上翠楼。
忽见陌头杨柳色，悔叫夫婿觅封侯。

（王昌龄《闺怨》）

王昌龄的《闺怨》是写一闺中少妇由"不知愁"到愁极而"悔"的心理变化过程，所以，对少妇登楼览景前的"不知愁"心情的抒写，是为登楼览景后"悔叫夫婿觅封侯"起衬托作用的。用景衬情的表现手法，在《诗经》里也有，如《君子于役》："鸡栖于埘，日之夕矣，羊牛下来。君子于役，如之何勿思。"用鸡栖、日落，羊牛归来等景物，衬托妇人对征戍未归的丈夫的怀念。

白马金鞍从武皇，旌旗十万猎长杨。
楼头小妇鸣筝坐，遥见飞尘入建章。

（王昌龄《少年行》）

庭前芍药妖无格，池上芙蕖净少情，
唯有牡丹真国色，花开时节动京城。

（刘禹锡《赏牡丹》）

王昌龄诗中少年豪华煊赫，是以他的服饰的豪华、地位的显贵、声势的煊赫、他的妻子得意鸣筝等情景的描写，众星拱月地烘托诗中主人公，这是以宾衬主的写法。刘禹锡诗的主旨在咏牡丹，而以芍药和芙蕖两种名花作陪衬，也是以宾衬主的写法。

犬吠水声中，桃花带露浓。
树深时见鹿，溪午不闻钟。

(李白《访戴天山道士不遇》)

人闲桂花落，夜静春山空。
月出惊山鸟，时鸣春涧中。

(王维《鸟鸣涧》)

以上李白、王维的诗都是描绘春山的寂静，而表现方法都是以动衬静，即以犬吠、水流、鹿现、花落，鸟鸣等动态衬托静态，从而更见出山中的寂静。格律诗中以动衬静的写法是一种反衬。反衬，就是以事物对立的一面映衬另一面，或以对立的事物互相映衬。如：

昔我往矣，杨柳依依。
今我来思，雨雪霏霏。

(《诗经·采薇》)

细腰宫里露桃新，脉脉无言度几春。
至竟息亡缘底事？可怜金谷坠楼人。

(杜牧《题桃花夫人庙》)

以上列举，都是运用反衬的手法。《诗经·采薇》的四句诗，据王夫之解释，是"以乐景写哀，以哀景写乐，一倍增其哀乐。"而《题桃花夫人庙》中，桃花夫人即息夫人，她不能反抗楚文王的掠夺而苟且偷生。"金谷坠楼人"指绿珠，她在孙秀欲掠夺她时跳楼自杀。诗人杜牧以绿珠反抗孙秀掠夺并跳楼自杀为反衬，表现了诗人对息夫人不殉节的贬抑。《瓯北诗话》指出："以绿珠之死，形息夫人之不死，高下自见而词情蕴藉，不显露讥刺，尤得讽人之旨耳。"格律诗中一抑一扬的手法是反衬的一种具体形式，《题桃花夫人庙》就是以"可怜金谷坠楼人"这句诗扬绿珠而抑息夫人形成反衬的。以抑扬的手法形成反衬的例子很多，如：

明妃初出汉宫时，泪湿春风鬓脚垂。

低徊顾影无颜色，尚得君王不自持。

（王安石《明妃曲》）

世态便如翻覆雨，妾身元是分明月。

（文天祥《满江红·和王夫人》）

  王安石在《明妃曲》以"抑"的手法，写昭君离别汉宫时十分悲伤，哭得鬓发都散乱了，徘徊不去，顾影自怜，容貌憔悴。后一句则写元帝此时见到昭君，却为她的容貌之美而几乎不能自制，这又是"扬"，诗也是以先抑后扬的反村手法，描绘了王阳君"粗服乱头，不掩国色"的容貌。文天祥则先批评当时人情世态翻云覆雨，变化无常，这是"抑"，然后再称赞王夫人仍像月亮那样分明，这是"扬"，一抑一扬，使词中抒情主人公的坚贞不屈的性格，更为光彩照人。

  通过以上阐析，可见对比和衬托还是有区别的。对比的双方必须是同类事物，而衬托的双方则可以是同类事物，也可以是不同类事物（如以景衬情）。对比只有正反对比，而衬托则既有正面衬托，又有反面衬托。对比是以一方对一方，而衬托则可众星拱月，以多衬一。对比双方居同等地位，而衬托则有主次之分。对比双方可以处在不同时空中，如今昔对比、两地对比，而衬托的双方则须处于同一时空才能进行。

第三章 格律诗欣赏

第三章　格律诗欣赏

在鉴赏审美活动中，格律诗作品语言文字的信息刺激读者的感官，经过大脑的作用，在鉴赏者心中唤起原有的观念形象，并转化为思想和情感，虽然在这一过程中已经渗进了鉴赏者的再创造，但仍可把它看作是一种特殊的体验，这就是鉴赏。在《诗词鉴赏概论》，许山河认为格律诗鉴赏是一种属于艺术美范畴的审美活动，在这一审美活动中，读者从诗作获取审美信息，对格律诗进行审美评价和把握。格律诗创作或是把创作者的思想、情感转换成语言、文字，这一过程，就是格律诗的创作过程。对格律诗审美信息的审视和分析，在格律诗鉴赏中具有重要意义。它能使读者从比语词更小的信息这一层次去深入地把握格律诗的审美内涵，还能使读者对某些理论问题的理解有新的视角。古代诗论家标出"言外之意""象外之象""景外之景""弦外之音""味外之旨""韵外之致"，认为这是格律诗审美中的极高境界。

对格律诗的审美鉴赏，是从格律诗的思想内容和艺术形式，即鉴赏格律诗的内容美和形式美两个方面进行的。格律诗的思想内容广，涵盖了人世的悲欢离合，国家的治乱兴衰，自然的荣秀枯凋，情感的酸甜苦辣，无所不包。人类社会的大千世界，可概括为意和境。意，指格律诗思想内容的主观因素，是格律诗所表现的思想、情感。格律诗所表现的思想也不是单一的，其中有表现诗人或诗中抒情主人公的理想、抱负的，称为"志"，有表现诗人对客观规律的认识或诗中含有某种客观规律的，称为"理"。平常所说的"志"与"诗言志"中的"志"不同，后者既包括思想，又包括情感。格律诗中的主观因素"意"，包括志、情、理。境，指格律诗思想内容的客观因素，格律诗中所描写的景、物、事，都属于"境"的范畴。

格律诗意境，是主观因素的意和客观因素的境完美结合形成的艺术境界。因此意境也包括在格律诗的思想内容的审美之中。因此，对格律诗内容美的鉴赏，就是对格律诗中志、理、境、情、意境的鉴赏。格律诗的形式美则有视觉形式美、听觉形式美，这是读者可以视觉和听觉直接感受到的格律诗的外部形式美。还有作品的内部形式美——技艺美。诗的艺术形式既同思想内容紧密结合，它本身也可作为独立的审美对象，所以读者对格律诗形式美的鉴赏，不限于对格律诗艺术形式本身的鉴赏，而是向着不同方向展开。

一、格律诗内容的欣赏

古人称格律诗的思想内容为"质"，就是格律诗思想内容的美学意义和价值。对格律诗内容的欣赏，鉴赏者的眼光既要把它放在作品产生的时代和社会的背景中，与同时代作品的思想内容作一横向比较，以见出其或高或低于同时代作品的思想内容之处，又要把它放在文学发展中作一纵向考察，以见出其继承和创新之处。而且在鉴赏上读者还要注意克服两种倾向，一是盲目崇拜古人，文必秦汉，诗必盛唐，认为古人的一切都是好的，看不到他们的时代局限和不足。一是以今人的思想、观点去要求和评价古人，尤其是以今天的政治观点去衡量古代格律诗的思想内容，把它们看得一无是处。下面从历史的视角阐述格律诗作品的欣赏，多从审美感受方面去把握作品的志高、理明、境美、情真、意境深。

（一）格律诗内容力求：志高

我国第一部散文总集《尚书》中提出"诗言志"的诗论主张，我国著名散文家朱自清对此给予高度评价，称之为中国诗论的"开山的纲领"，可见古人很早就从"志"的方面来认识诗歌的审美价值。但"诗言志"中的"志"，与现在所说的"志"并不完全相同。《毛诗·序》对"志"解释是："诗者，志之所之也，在心为志，发言为诗。"是说"志"是在心的，实际上指"志"是诗人表现于格律诗中的思想情感，那就把"情""理"也包括在其中。读者所说的"志高"中的"志"，则按当今社会对"志"的一般看法，把它界定为志向、理想、抱负，而让"情"和"理"另立门户。

格律诗的"志高"体现在多方面。这些诗歌，无论是出之于慷慨高歌，或是低婉吟叹，均能彰显意志，涤荡心灵。这是因为诗作既是诗人的心声，又体现了他们崇高的精神、高尚的人品和情操，给人以强烈隽永的审美感受。

我国文学史上，那些或激越、或悲壮的抒发爱国之志的诗章，使人有陶冶情操、净化灵魂的感觉，审美享受是无以言喻的。屈原在《离骚》中抒写他"虽九死其犹未悔"的爱国、忧国的眷眷情怀，司马迁赞颂说："据此志也，虽与日月争光可也。"屈原的高洁志行，为后代诗人崇尚和效法，于是以抒写爱国志为主的爱国主义诗章在我国诗歌长河中发出耀眼的光芒。"六十年间万首诗"的陆游，他的表现爱国志的诗章，则有呈现哀哀感人的悲壮色彩。《秋夜将晓出篱门迎凉有感》中的"三万里河东入海，五千仞岳上摩天。遗民泪尽胡尘里，南望王师又一年"。这些抒发爱国情怀的诗句，怎不令人"忠愤气填膺，有泪如倾"，"僵卧孤村不自哀，尚思为国戍轮台。夜阑卧听风吹雨，铁马冰河入梦来"。风雨交加之夜，卧病在床的老诗人梦中也不忘驰骋疆场，杀敌报国，这是多么真挚的爱国情怀，多么深沉的未酬之志，而"长使英雄泪满巾"。陆游临终前还不忘恢复之志，留下了流芳千古的《示儿》："死去原知万事空，但悲不见九洲同。王师北定中原日，家祭无忘告乃翁。"岳飞的《满江红》壮志凌云，气盖山河，词中抗金救国的坚定意志和必胜信念，对后人具有极大的鼓舞作用。文天祥《过零丁洋》中"人生自古谁无死，留取丹心照汗青"的诗句，志如华岳，气贯长虹，使多少有志之士为之洒下热泪。

杜甫的诗，忧民之志在那些具有人民性的作品里得到了充分的体现。杜甫《自京赴奉先县咏怀五百字》以"穷年忧黎元，叹息肠内热"、"济时肯杀身"的精神，反映人民的痛苦、情感和要求，他的"三吏""三别"就是这样的光辉诗篇。他对穷人的体恤是无微不至的，如他的《又呈吴郎》，就对一个在战乱年代孤苦无依的老年妇人倾注了他的同情和关心：

堂前扑枣任西邻，无食无儿一妇人。
不为困穷宁有此？只缘恐惧转须亲。
即防远客虽多事，便插疏篱却甚真。
已诉征求贫到骨，正思戎马泪盈巾。

杜甫《又呈吴郎》）

杜甫多年处在饥寒的生活中，特别是他经历了"安史之乱"后。杜甫所住的茅屋被秋风吹去了屋顶，自己连住的地方都成了问题时，他想到的是天下处于兵荒马乱、贫困潦倒的寒士（苍生、百姓）：

安得广厦千万间，大庇天下寒士俱欢颜，风雨不动安如山！呜呼！何时眼前突兀见此屋，吾庐独破受冻死亦足！

（《茅屋为秋风所破歌》）

由此诗可知，杜甫是"宁苦身以利人"的伟大诗人，黄彻在《䂬溪诗话》中赞扬这个评价是并非溢美的公允之词，说明杜甫是个有爱民之心，忧民之志的诗人。历史上的现实主义诗人多具有忧民之志，元结、白居易、杜荀鹤、顾况，他们的作品均能在不同程度上代人民立言，有时为了为民请命，甚至不惜以弃官抗争。明代著名清官海瑞，刚直不阿，敢于仗义执言，至今流传了抬棺直谏的千古美谈，他的《苏州府吴县叶绪昌》等诗作，就饱含为民的思想："攻收治水三旬易，策救饥民十万难。今日仙輀向琼海，野人酹酒泣江干"。元结的诗，也流露了这种为民疾呼的思想，如下：

今来典斯郡，山夷又纷然。
城小贼不屠，人贫伤可怜。
是以陷邻境，此州独见全。
使臣将王命，岂不如贼焉？
今彼征敛者，迫之如火煎。
谁能绝人命，以作时世贤？
思欲委符节，引竿自刺船。
将家就鱼麦，归老江湖边。

上面这首诗节选自元结的《贼退示官吏》，其与另一首《舂陵行》，是元结为民疾呼。杜甫在《同元使君〈舂陵行〉》中热情称赞这两首诗："道州忧黎庶，词气浩纵横。两章对秋月，一字偕华星。"说明这两首抒写忧民之志的诗，引起杜甫的"崇高"美感。即便是随着历史的变迁，时代发展到今天，读者欣赏这两首诗，仍然与杜甫感同身受。

自屈原以来，历代才华横溢的诗人大多数喜欢在通过借景抒情、借物言志、借题发挥等表现手法，在诗中抒发诗人高远理想、人生抱负、建功立业的壮志雄心。他们或希建立稀世奇功，或想救人民于水火，或望兼济天下，或图收复山河。因此，这些诗人如"长江后浪推前浪"，人才辈出，名篇佳句。如：

忽奔走以先后兮，及前王之踵武。

（屈原《离骚》）

丈夫贵兼济，岂独善一身。

（白居易《新制布裘》）

致君尧舜上，再使风俗淳。

（杜甫《奉赠韦左丞丈二十二韵》）

但用东山谢安石，为君谈笑静胡沙。

（李白《永王东巡歌十一首》其二）

在我国历史长河中，封建社会何时能让诗人们一展才华、实现自己报效国家、为民请命的理想？接踵而来的挫折、打击，使诗人们壮志难酬，才华尽磨。在这种社会黑暗中诗人往往慨叹岁月易逝、怀才不遇、英雄蹭蹬、壮志难酬的悲愤之声。在古代格律诗的写作中，这种悲愤此起彼伏，不绝于耳。这些诗句，留给后世更多的是"悲剧""悲情""悲凉"。如下：

国无人莫知我兮，又何怀乎故都！
既莫足以为美政兮，吾将从彭咸之所居。

（屈原《离骚》）

人生得意须尽欢，莫使金樽空对月。

（李白《将进酒》）

塞上长城空自许，镜中双鬓已先斑。

（陆游《书愤》）

冯公岂不伟？白首不见招。

（左思《咏史》）

屈原、李白、杜甫等伟大诗人，在历史上都热望建立功名、报效家国，却又能淡泊名利。这种隐逸之志，也会引起读者一种"高山仰止"崇高美感。当这些诗人的理想在现实中不能实现时，他们宁愿去过疏衣淡食的穷困生活，或以身许国、徜徉山水、放浪江湖，也不愿同统治者同流合污。有诗为证：

当路谁相假？知音世所稀。

只应守寂寞，还掩故园扉。

（孟浩然《留别王维》）

安能摧眉折腰事权贵，使我不得开心颜！

（李白《梦游天姥吟留别》）

归去来兮，请息交与绝游。

世与我而相违，复驾言兮焉求。

（陶渊明《归去来兮辞》）

许多诗人的理想、志向虽然在现实中不能实现，但仍然保持着对崇高理想的孜孜追求，这种目标始终如一，不屈不挠，坚定执着地为理想而奋斗的精神，也深深拨动读者的心弦。如杜甫《自京赴奉先县咏怀五百字》：

杜陵有布衣，老大意转拙。

许身一何愚，窃比稷与契。

居然成濩落，白首甘契阔。

盖棺事则已，此志常觊豁。

……

杜甫在这首诗交代了自己越老越笨拙，偏要去自比稷与契这两位古代的贤臣，果然失败了，但只要自己还没有死，就要努力，理想总有一天会实现。

抒写高尚的道德情操是格律诗"志高"的另一种表现。如郑燮《竹石》、王冕

《墨梅》，前者以挺立破岩中的竹象征在逆境中坚韧不拔，永葆节操的诗人；后者以对色淡气清的梅花的歌咏象征诗人要保持"清气满乾坤"的崇高节操。文天祥在《正气歌》中，讴歌历代为正义而斗争的人们和传统的民族气节，表达自己宁死不屈的意志，大义凛然，气贯日月。而张九龄《感遇十二首》（其一），则以兰逢春而葳蕤，桂遇秋而皎洁，这是它们的本性，并非为了博得美人的折取欣赏，比喻贤人君子洁身自好，进德修业，也只是尽他的本分，并非借此博得外界的称誉。鲁迅在《自题小像》一诗中，也直接袒露他的心志。如下：

灵台无计逃神矢，

风雨如磐暗故园。

寄意寒星荃不察，

我以我血荐轩辕。

这首诗是鲁迅二十一岁写的，五十一岁时重写，在这三十年中他很少写诗，从这以后才开"诗戒"。这首诗可以说是他言志的宣言：尽管祖国在黑暗中，但没有理由不爱她。虽然满腔热诚不被理解，但诗人义无反顾地宣誓，将奉献出青春的热血。流露了一个赤诚的诗人对国家何等坚贞的爱啊。这是《呐喊》《彷徨》的先声，也是鲁迅高尚道德情操的体现。

纵观以上所述例诗，充满高风亮节的述志诗，读者在审美欣赏诗作时，也能领略到作品中所彰显的"崇高"主题和艺术张力。

（二）格律诗内容力求：理明

"理"是格律诗主要表达的内容和写作目的。诗中的"理明"，既不是指诗本身想要表达或陈述的"理"，也不是指诗中的议论，而是指诗中既表现了理性认识和客观规律，又具有审美理想和审美情趣，这种能给读者以审美感受之"理"，才是"理明"。诗歌不仅要表现人们的情感，也要表现人们的思想，表现人们对客观世界的认识，即诗不仅要有"情"，还要有"理"。格律诗形成"理明"的原因主要有以下两点：

一是诗人有意在诗中议论说理，但由于这些议论说理不是空洞的说教，而是结合着情感和形象进行，借助诗情、诗趣、诗景来显示诗理。因此能在表现诗人的理性认识和客观规律的同时给人以审美感受，从而产生"理明"。如：

昨夜江边春水生，艨艟巨舰一毛轻。

向来枉费推移力，此日中流自在行。（其一）

半亩方塘一鉴开，天光云影共徘徊。

问渠那得清如许？为有源头活水来。（其二）

（朱熹《观书有感》）

以上这两首诗，均为诗人运用比喻、形象在诗中说理，但又有理明。第一首诗写读书的两种境界，开始时很费力后来功夫到了，就不费力了，好像春水涨了，巨舰浮起来了，可以不费力气在中流自在地航行，说明条件成熟了，办事才事半功倍，否则只是徒劳。第二首诗将半亩方塘比喻书，以方塘的水之所以纯清，是因为有源头活水流过来，说明书中的思想内容如要精纯，也需有丰富的创作源泉。

二是诗人本为写景抒情而无意在诗中说理或表现某种思想认识，但鉴赏者却从诗中意象的描写中，发现其中蕴含着"理"和"理明"。这不是诗人有意为之，而是由作品意象引发而生，是鉴赏者的会心独运和再创造，是形象大于思想。如刘禹锡《酬乐天扬州初逢席上见赠》：

沉舟侧畔千帆过，病树前头万木春。

刘禹锡的这两句诗，本意是以沉舟、病树自比，劝慰白居易不必为自己的蹉跎而忧伤，对世事变迁和宦途升沉，表现出豁达的情怀。如今读者认为这两句诗蕴含着新生事物取代旧事物的哲理，则是将现今新时代的意义赋予了它。

格律诗中的"理明"须于理与情、理与形象的结合中生成。也就是说，寓理于形，形中藏理；寓理于情，情中见理。这样的诗才会给人以"理明"，枯燥的议论和说理则有"理"而无"趣"。表现在两方面：

寓理于形，以形说理而富有理明的诗句，如：

谁言寸草心，报得三春晖。

（孟郊《游子吟》）

唯有门前镜湖水，春风不改旧时波。

（贺知章《回乡偶书二首》（其二）

孟郊的诗说明了伟大的母爱，子女难以报答的道理，而这一道理也是通过"寸草""春晖"的形象表现出来的。贺知章的诗句，蕴含着对大自然的发展变化是缓慢的这一客观规律的认识，而这一认识却包孕在镜湖水不改旧时波的形象之中。

在格律诗中，"理"往往是与议论连在一起的。诗应怎样议论，才会具有理明？沈德潜说："人谓诗主性情，不主议论，是也，而亦不尽然。试想《二雅》中，何处无议论？老杜古诗中，《奉先咏怀》《北征》《八哀》诸作，近体中《蜀相》《咏怀》《诸葛》诸作，纯乎议论，但议论须带情韵以行。"沈德潜的"议论须带情韵以行"，即是"寓理于情。"但如前述，诗中之理还可寓之于形。故诗中的议论还须"附形象以行"，才会具有理明。

寓理于情，理自情出而有"理明"的诗句，如：

同是天涯沦落人，相逢何必曾相识。

（白居易《琵琶行》）

江山如有待，花柳自无私。

（杜甫《后游》）

以上白居易诗句中的"同病相怜""同声相应"之理，也是寄寓在既悲伤自己而又同情瑟琶女子的情感共鸣之中。杜甫的这两句诗，写江山花柳如在等待人去欣赏，用来说明大自然是无私心的道理中，饱含着诗人对世态炎凉的感慨：人世间是无情的、偏私的；相比之下，大自然却是有情的、无私的。沈德潜在《说诗晬语》卷下说"杜诗'江山如有待，花柳自无私'……俱入理明"，沈德潜认为杜甫的这两句诗有"理明"就是缘于此。所以薛雪在《一瓢诗话》中主张："下一'自'字，便觉其寄身离乱，感时伤事之情，掬出纸上。"

从"理明"在诗中的表现来看，有的诗是通篇说理而具有"理明"的。如前所述朱熹的《观书有感》二首。又如苏轼《题西林壁》写的"横看成岭侧成峰，远近高低各不同，不识庐山真面目，只缘身在此山中"，也是通过置身山中的自我感受的议论,概括出具有普遍意义的"当事者迷"的哲理。

有的诗则是部分说理而具有理明的。那些诗人无意在诗中说理而鉴赏者却能从中发现理明的诗,大多属于这一类。如白居易《赋得古原草送别》中的"野火烧不尽,春风吹又生",诗句蕴含新生事物虽然弱小,却无法予以扼杀的道理,但全诗主要是写别情。再如白居易《长恨歌》中的"遂令天下父母心,不重生男重生女",诗句是议论杨贵妃得宠已极而令天下人改变重男轻女的习俗,但《长恨歌》全诗主要还是写李隆基、杨玉环之间的爱情。

"理"是诗中的客观存在,虽然枯燥的议论、说教等,扼杀了诗的美,但反对以议论或哲理入诗的观点,诸如"议论多而性情漓矣"(袁枚《随园诗话》),"一涉议论,便是鬼道"(王世贞《艺苑卮言》),"诗有别材,非关书也;诗有别趣,非关理也"(严羽《沧浪诗话》)。这观点是片面的。诗中的理要具理明,需结合着情感,结合着形象,这样,鉴赏者才能通过对情感的体验、形象的探求,自己引申出某种理性认识,诗就能如王夫之在《古诗评选》卷四所说的"不言理而理自至"。

(三)格律诗内容力求:境美

格律诗中的"境",可将它界定为以描写自然与人生之事实为主或生活形象的客观反映方面。这样,"境"就不仅是指自然景物,还包括以人生之事实与"生活形象的客观反映"——"事"。这样清楚地界定"境"的概念是必要的,因为有些人往往把"境"只看为自然景物,不把"事"包括在其中,这就缩小了"境"的范围。而另一些人,如王国维,又把"境"的范围任意扩大,"境非独为景物也,喜怒哀乐,亦人心中之一境界"(《人间词话》)。王国维说的"境",实际上是"境界",又把"情"包括在其中了。

"境美",是指格律诗中的自然美和生活美。格律诗中的自然美表现在两个方面,一是以自然为审美对象,表现人们对自然的审美感受。二是描述为写人、叙事所设置的自然环境之美。前者又分为描写山川之美的山水诗及歌咏草木虫鱼的咏物诗。其中兴于南北朝,而后代有名作的山水诗,讴歌祖国名山大川的奇异景色,给人们以各种审美享受。如表现自然山川宏大、宽广的气势,给人以雄浑壮美的审美享受。如：

  敕勒川，阴山下。
  天似穹庐，笼盖四野。
  天苍苍，野茫茫，
  风吹草低见牛羊。

（《敕勒歌》）

  太乙近天都，连山接海隅。
  白云回望合，青霭入看无。
  分野中峰变，阴晴众壑殊。
  欲投人处宿，隔水问樵夫。

（王维《终南山》）

  《敕勒川》是描写塞外风光的佳作，它写出了大草原的空阔无垠、景象如画及水草、畜牧之盛，音调浑壮，洋溢着一种浑扑苍莽的草原气息，给人以"壮美"的审美感受。王维的《终南山》，首联以夸张的笔法，写出了终南山的高和由西到东的宽广的山势，次联写山中烟云变灭，移步换形的景象，三联首句写出了终南山由北到南的阔，次句写出了由山高而形成的特有景象，尾联也以投宿之人隔着深沟大涧与樵夫问答表现了终南山的高大。全诗描绘了终南山高大雄伟的形象，宏大的气势，体现了"盛唐气象"。

  多姿多彩的大自然是格律诗永恒的审美对象，给人的审美感受也是绚丽斑斓的，如李白《夜下征虏亭》中的"船下广陵去，月明征虏亭。山花如绣颊，江火似流萤"，诗以简洁明快的笔调，写出了船行扬州途中，观赏到的古亭静立于上，小船轻摇于下，岸上山花绰约多姿，江上火点迷离奇幻的春江花月夜图景。再看看杜甫《绝句二首》其一："迟日江山丽，春风花草香。泥融飞燕子，沙暖睡鸳鸯。"杜甫以诗为画，绘出了浣花溪一带明净绚丽的春景：春天阳光普照，大自然呈现一片秀丽的景色，和煦的春风吹来花草浓郁的芳香，燕子飞来飞去衔泥筑巢，日丽沙暖，鸳鸯在溪边的沙洲上静睡不动。诗描绘景物清丽工致，格调清新。"秀美"，是这两首诗给读者共同的美感。

格律诗在描写自然景物时，往往将诗人隐逸的情怀，恬淡的心境注入自然景物的描写之中，从而使笔下的自然景物具有"静美"的特征。如孟浩然《题义公禅房》："义公习禅寂，结宇依空林。户外一峰秀，阶前众壑深。夕阳连雨足，空翠落庭阴。看取莲花净，方知不染心。"以清秀的词句，素描淡抹，写出了空林一屋，远峰近壑，晚霞披洒，空翠迷蒙，自然幽雅，风光闲适，给人一种静谧的美感。又如王维《鹿柴》："空山不见人，但闻人语响。返景入深林，复照青苔上。"写空山中偶然听到的人声和深林里偶然照到青苔上的一缕斜阳，给人一种无比清幽的美感。大自然中的草木虫鱼，也往往成为诗人讴歌的对象，于是咏物格律诗由此而生。由于诗人在对物的歌咏中寄寓着自己的情感，所以咏物格律诗在对物的形态美的表现上，并不只注重"形"的刻面，而是形、神兼写。

格律诗中为写人、叙事而设置的自然环境，它们或作为人物活动的环境和背景，或作为抒情的凭借手段，其数量远较纯粹以自然为审美对象的山水诗和咏物诗为多。这类诗歌表现的自然美往往只是部分篇幅，并非全篇，但却既能描绘出形态各异的自然美，又能使之为诗中抒写的情感服务。格律诗中的生活美是以展现社会生活的画面而给读者以审美感受，它又可以大致分为风俗美、人情真、形象美等。其中，田园诗和歌咏节令的诗歌较多地表现了风俗美。如杜牧《九日齐山登高》：

江涵秋影雁初飞，与客携壶上翠微。

尘世难逢开口笑，菊花须插满头归。

但将酩酊酬佳节，不用登临恨落晖。

古往今来只如此，牛山何必独沾衣。

杜牧的诗，展现了唐代重阳时节人们携酒登高，观赏菊花的风俗。这诗给读者留下了我国古代的风俗画。人际交往是社会生活的组成部分，因此是格律诗经常表现的，那些描述人际交往的格律诗，往往讴歌了人的淳朴、热情，展现了"人情真"的生活画卷。如孟浩然《过故人庄》：

故人具鸡黍，邀我至田家。

绿树村边合，青山郭外斜。

开轩面场圃,把酒话桑麻。

待到重阳日,还来就菊花。

  孟浩然诗是写应邀去农村做客,也写出了一种人情真,尤其是尾联画龙点睛,以诗人临别时率真地表示在秋高气爽的重阳节再来观赏菊花,把故人相待的热情,做客的愉快,主客之间的亲切融洽,都描绘出来了,表现了主客纯朴诚挚的情谊。

  形象是文学艺术反映现实的特殊手段,它是作家根据现实生活种种现象加以艺术概括,从而创造出来的具有一定思想内容和艺术感染力的具体生动的图画。形象主要是指人物形象,其次包括社会的、自然的环境和景物,由于在"自然美"中笔者实际上已论析了景物的形象美,因此这里只分析人物的形象美。诗以一幅幅具体生动的图画表现社会生活,所以生活美就从形象美中得到具体体现。如《陌上桑》以罗敷严词拒绝太守调戏的故事,赞美了她的坚贞和智慧,塑造了一个采桑女子罗敷的美好形象,也刻画了好色、愚蠢的太守的形象,诗通过这些形象的描写,写出了一幅带有喜剧色彩的社会生活画面。如:

巴女骑牛唱竹枝,藕丝菱叶傍江时。

不愁日暮还家错,记得芭蕉出槿篱。

(于鹄《巴女谣》)

荷叶罗裙一色裁,芙蓉向脸两边开。

乱入池中看不见,闻歌始觉有人来。

(王昌龄《采莲曲》)

  以上两首诗,于鹄诗中的人物则是位牧牛的巴地少女,在莲菱盛长的夏末秋初,她一边放牛,一边唱着民歌,日暮仍不愿回家,表现了她稚气而又自信的情状,洋溢着生活情趣。王昌龄的诗可以看作一副《采莲图》,图中描绘了一群美丽而又充满青春活力的采莲少女的形象。

  社会生活是无限丰富的,反映生活美的形象美也是异彩纷呈的。由于诗人倾注着情感进行创作,诗中的形象已不是纯客观的物象。而是经过诗人情意化了的物象。人物形象也是如此,因为在人物形象的描绘中也寄寓了诗人的褒贬爱憎，例如罗敷的形象中就寄寓了诗人的赞美，而太守的形象中就含有诗人的憎恶。所以读者在鉴赏格律诗的形象美时，不仅要想其形，还要会其意，即不仅要想象具体的生活图像，还要细心捕捉诗人寄寓在图像中的情意，才能完全把握形象的审美内涵。

（四）格律诗内容力求：情真

格律诗写作，抒情性是格律诗主要的审美特征，情是格律诗的灵魂。这主要是在我国古代时，并不是以叙事而是以抒情为主的。格律诗之所以给人一唱三叹的审美感受，关键是能以情动人。陆机《文赋》认为"诗缘情而绮靡"，刘勰《文心雕龙》主张"昔诗人什篇，为情而造文"，白居易《与元九书》说"诗者，根情，苗言，华声，实义"。古代诗论家这些评论，无不道出了情感对于诗歌的重要。所以对格律诗中"情"的审美体验，也是格律诗思想内容鉴赏的一个重要方面。

格律诗是社会生活和诗人心灵的反映，因此，举凡人在社会生活中的各种情感，无一不在格律诗中得到表现。人们在社会生活中的情感是丰富多彩的，而且格律诗也具有表现人们各种情感的功能，但在格律诗中经常予以表现的情感，却不外乎爱情、亲情、友情、乡情、别情这几大类。当然，热爱祖国、同情人民的爱国、忧民的情感也是格律诗中常常歌咏的，但由于"情""志"都是"在心"的，故将其放在前一节"志高"中一并阐述为"爱国志""忧民志"。格律诗表现人们的内心情感，必须是真实的，才能以美动人，以情动人，才是美情，虚情、矫情、伪情都缺乏美的感染力，故对于情"真"也需作一番分析。格律诗的抒情方式也关联情真，对此作些论析也是必要的。

1. 爱情，是格律诗中永不枯竭的题材

爱是文学永恒的主题，在格律诗的"情真"中占有重要的位置。封建社会人们的爱有君臣之爱、父子之爱、兄弟之爱、夫妇之爱、男女之爱，但在格律诗中歌咏最多的则是后两类，故"爱情"专指夫妇和男女之爱。格律诗中对爱情的美的歌咏异彩绘呈，其中对坚贞，专一的爱情的咏唱，在通常具有以阴柔为其美的特征的爱情诗中，却能见出一种阳刚之气；或柔中有刚，呈现出一种与众不同的风貌。由于封建社会男女的婚姻、爱情不能自主,所以抒写爱情的格律诗,较少爱情的欢唱,多为爱情的悲歌。在这些爱情格律诗中,诗人们从各个方面,把深深埋藏在情人们内心深处的思念、追求和别离的痛苦,希望、失望乃至绝望等复杂思想情感表现出来,写出对爱情的热烈追求和矢志不渝,如李商隐的《无题》:

  来是空言去绝踪,月斜楼上五更钟。
  梦为远别啼难唤,书被催成墨未浓。
  蜡照半笼金翡翠,麝熏微度绣芙蓉。
  刘郎已恨蓬山远,更隔蓬山一万重。

此诗抒写同情人天涯阻隔,会合无期的痛苦。诗的首四句写女主人公对负心人的怨叹,别离的痛苦,以及她对爱情的执着追求。颈联借对女主人公闺室内华丽景物的暗淡色彩的刻画,暗示女主人公心情由兴奋变为冷静,由希望走向失望。尾联则表现了对爱情的绝望。诗围绕远别绝踪仍矢志不渝地追求这一主题,把主人公幽怨哀伤乃至绝望的痛苦心情逼真入微地表现了出来,感情真挚缠绵,意境优美,具有很强的感染力,使人越读越觉得其味无穷。

在爱情的悲歌中,那些对被活活拆散的爱情表现出无穷悲愤和悔恨的格律诗,尤使人心头震颤,潸然泪下。如陆游的《沈园二绝》:

  梦断香消四十年,沈绵柳老不吹园。
  此身行作稽山土,犹吊遗踪一泫然。

(其二)

  城上斜阳画角哀,沈园非复旧池台。
  伤心桥下春波绿,曾是惊鸿照影来。

(其一)

这是诗人七十五岁时凭吊被迫离异的前妻唐婉的遗踪而写的诗。如果读者把两首诗看成一幅画,那么在画角斜阳、小桥、流水、柳树、台池这些忧伤的背景中,诗人在踯躅徘徊,在踽踽独行。他虽形将就木,泪犹潸然泪下,因为形可朽而情不绝!这种哀婉深挚的情、矢志不渝的爱,其感人的力量至深至切!

2.亲情,是格律诗中游子思亲念妇的题材

在歌咏爱情的格律诗中也具有极深的感人力量,是格律诗"情真"的一个方面,如:

君戍边关妾在吴,西风吹妾妾忧夫。

一行书信千行泪,寒到君边衣到无?

(陈玉兰《寄夫》)

陈玉兰的诗,从念夫,到秋风起而忧夫,寄衣时和泪修书,以及寄衣后的怀念等情感的抒写,刻面了对丈夫深挚的恩爱,一唱三叹,使人情不能已。从两首诗的诗人深厚、真挚情感的抒发中,读者感受到诗人的人格美。

3.友情,是格律诗中赞颂真诚友谊的题材

"桃花潭水深千尺,不及汪伦送我情",这是李白《赠汪伦》中由衷流露的对挚友真情。他以明白浅显的语言,表达朋友之间真挚纯洁的深情,脍炙人口。他在《闻王昌龄左迁龙标遥有此寄》写道:"杨花落尽子规啼,闻道龙标过五溪,我寄愁心与明月,随君直到夜郎西",把对朋友遭贬的愁绪,直抒胸臆地托付于"明月",企盼明月将诗人对朋友的怀念能随风带给远在夜郎之西友人。诗流露了对朋友不幸遭遇的同情,这种真挚的友情让读者感受到了这首诗的审美张力。

"当路谁相假,知音世所稀",这是孟浩然在《留别王维》中的名句,道出了他与王维作为知音朋友,贵在相知。而杜甫在《不见》此诗中写道:"不见李生久,佯狂真可哀!世人皆欲杀,吾意独怜才。敏捷诗千首,飘零酒一杯。匡山读书处,头白好归来。"流露了他与李白的友情,以及对挚友的同情和悲悯。符聪在《秋夜思故人》中饱含深情地书写"秋雨淋身思不断,平生惦念故人情",表达了对朋友深切的思念。物质生活丰富的现代社会,创作格律诗抒发了怀念挚友的绵绵情思,这种以抒情为基础的老瓶装新酒的创作形式,不仅具有新时代的价值和意义,而且还具有深刻的感人力量。

海南省华侨文学艺术家协会常务副会长王尧时的《贺符聪教授〈格律诗写作新论与作品欣赏〉问世》一诗,虽然是为本书出版所写的贺诗,但字里行间不乏

诗人的誉美之情,隐含了诗人朋友间鼎力相助的真诚友谊。如下:

诗人今似满天星,可有符君耀眼明。

仰察云烟心则细,沉吟竹菊语堪精。

行间旷达涵功力,意里包容见本能。

万类枯荣收笔底,循章且又尚新赓。

4.乡情,是格律诗中抒写文人墨客思乡的题材

在诗歌作品中反映乡情的数量也不少,其中有些抒发浓厚而又深挚的思乡之情的小诗,读来亲切有味,而且能深深拨动读者心弦,如符聪《重阳登高》中情不自禁地流露了对家乡海南四季如春的深情:"天南地北风光异,不及家乡草木亲"。在我国,叙写乡情的格律诗不胜枚举,李白的《静夜思》已是家喻户晓,在此不再赘笔。明代著名的政治家、思想家、史学家、经济学家、文学家丘濬,晚年在京都所写的、充满拳拳思念故乡海南之情的《梦起偶书》,也是我国思乡恋土的格律诗佳作。如下:

秋来归梦到家园,景物分明在眼前。

树挂碧丝榕盖密,篱攒青刺竹城坚。

林梢飘叶重堆径,涧水分流乱落田。

乞得身闲便归去,看鱼听鸟过残年。

与丘濬齐名,被誉为"琼州双杰"的另一杰、我国明代著名清官海瑞,也有浓厚的乡情。对于海瑞来说,海南的山山水水,都与他的精神有密切牵挂。他的不少诗文都洋溢着这种强烈的乡情,如晚年所写的《午日卓明堂议修筑北冲河口》,赞美海南山川名胜、历史悠久、人文传统深厚、杰出人物辈出,表现了强烈的乡土情怀,热爱故乡之情跃然纸上:

五指参天五岳呈,四州导水四山倾。

地脉不缘沧海断,中原垂尽睹全琼。

特起昆嵛浮浩瀁,居然福地拟蓬瀛。

鸿荒世远不可辨,唐虞声教朔南并。

郡县开疆始秦汉,舆图一统归皇明。

玉旨一从褒甸服,珠崖千古表神京。
海滨弦诵追邹鲁,天上夔龙翊治平。
乡里衣冠今不乏,登高望远几含情。

在当代,格律诗一样发挥着老瓶装新酒的作用,更好地表达思乡之情。

5.别情,是格律诗中表现人间悲欢离合的题材

从而使对别情的讴歌在格律诗中占有重要位置。古人离别,无论是夫妻、情人,或是兄弟、朋友,都有一种悲伤的情调,极少有欢愉之色。"乐莫乐兮新相知,悲莫悲兮生别离。"所以别情多是悲情,给人一种"悲"的审美感受。别情格律诗中对别情的抒写多以凄清缠绵、徘徊流连为其审美特征,但王勃《送杜少府之任蜀州》中"海内存知己,天涯若比邻",却能一洗悲伤之态,独标高格。王维《送元二使安西》诗句"劝君更尽一杯酒,西出阳关无故人",流露了诗人依依不舍时不忘对故人无限的关心和惦念。又如高适《别董大》:"千里黄云白日曛,北风吹雁雪纷纷。莫愁前路无知己,天下谁人不识君?"后两句诗于对朋友的慰藉中充满信心和力量,以它的真诚情谊,坚强信念为抒写别情的灞桥风雨与渭城柳色增添了豪放健美的色彩。

格律诗中"情真"的表现是多方面的。王夫之《明诗评选》卷五中说:"诗以道性情,道性之情也"。"情真"就是人的性情之美,即人性美、人情真、人格美。诗是人们心灵的显现,"情真"是抒情格律诗的基本审美特征,而不是仅存在于部分格律诗中。对中国格律诗来说,一首诗如不能以情来感染人,就失去了它存在的价值,因此情感是诗的生命。诗的情感要能给人以美的感受,成为美的情感,又须具有"真"的特质,故情贵真,情真才能情真,真情才是美情。"真者,精诚之至也。不精不诚,不能动人。故强哭者虽悲不哀,强怒者虽严不威,强亲者虽笑不和。真在内者,神动于外,是所以贵真也。"(《庄子·渔父》)庄子说的"不精不诚,不能动人"之情,是矫情、伪情,方东树《昭昧詹言》批评格律诗中这种虚假情感说:"小小送别,而动欲沾巾;聊作旅人,便云万里;登陟培塿,比拟华崧;偶遇庸人,颂言良哲;以至本居泉石,更怀遁世之思;业处欢娱,忽作穷途之哭。准之立言,皆为失体。"所谓"失体"是指这种虚情、矫情不应写入诗

中,即诗贵真情而排斥虚情、矫情。

优秀诗歌抒情写意总是以"真"取胜。李白的诗之所以千年来广为各阶层人们所喜爱,关键就在"情真",如:

天生我才必有用,千金散尽还复来。

(《将进酒》)

长风破浪会有时,直挂云帆济沧海。

(《行路难》其一)

大道如青天,我独不得出。

(《行路难三首》其二)

兴酣落笔摇五岳,诗成笑傲凌沧州。

(《江上吟》)

仰天大笑出门去,我辈岂是蓬蒿人。

(《南陵别儿童入京》)

千百年来,人们因为喜爱他诗中的这种真情,所以喜爱李白的诗。李白的情"真",就真在诗中敢于抒发这种深藏于人们心底的"颠""狂""傲"的情感,这是人们心中所有,却又不愿在格律诗中表现的,而李白则能以奔放、明朗、直率的笔调在诗中不加掩饰地抒发。这种大胆的抒情手法,近乎孩童的纯真情感,其感人力量自然是一般作品无法比拟的。

格律诗的"情真"还美在情感的表现形式上,有些格律诗抒发的是一种慷慨激昂、热烈奔放的情感,用它的火一般的激情来感染读者,使读者为之或精神振奋,或热血沸腾,体验到一种"阳刚之美",前面所举的李白诗中那种"颠""狂""傲"的情感就能给人以这样的感受。又如:

上邪,我欲与君相知,长命无绝衰。

(乐府民歌《上邪》)

指九天以为正兮,夫惟灵修之故也。

(屈原《离骚》)

不少格律诗作品,也表现一种平淡冷静、含蓄委婉的情感。它的含蓄隐秀

的抒情方式,让读者循表入里,曲中求情,在诗中体会和感受别样的阴柔之美,如:

> 下马饮君酒,问君何所止?
> 君言不得意,归卧南山陲。
> 但去莫复问,白云无尽时。

(王维《送别》)

> 采菊东篱下,悠然见南山。

(陶潜《饮酒》其五)

王维的《送别》,则叙写送友人归隐,劝慰朋友"但去莫复问",表现了不以失意为念,以及对人世荣华富贵的看淡,进而流露追求闲适的情感,这也是一种"阴柔"的审美。而陶潜这两句诗,初看以为是写景,其实是抒情。诗中所描述的景色是无意中看到的,并非有意去找寻所见,但却传神地写出了诗人悠游自在的隐居生活和恬静淡远的情怀。

(五)格律诗内容力求:意境深

意境是人的情感思想与摄取的物象画面有机结合生成的审美空间。这个空间的审美最大值是:有象外之象、味外之旨,实中有虚、虚实相生;羚羊挂角、无迹可求;是有限包含无限、言有尽而意无穷。说到底,意味深长、韵味无穷是诗的深层效果。与非文学文本的阅读不同,格律诗的阅读和鉴赏,绝不仅仅是从语义的理解到文本"意思"的把握这么简单。文学语言绝不只是获得一种语义理解,更重要的是要通过语言的理解和玩味,去感受、体悟到某种特殊的意味或韵致。

写作格律诗的实践看出,从格律诗创作的角度可知,"意境"即"意"和"境",一般以为"意"是格律诗中诗人的主观情意,"境"则是格律诗中的客观物境,"意境"是指格律诗中作者的主观情意与客观物境相融合而形成的艺术境界。由此可知意境是一种艺术境界,它是由主观情意与客观物境形成的。王国维在《人间词话》认为"古今词人格调之高,无如白石,惜不于意境上用力,故觉无言外之味,弦外之响,终不能与于第一流之作者也"。又说"《严沧浪诗话》

谓:'盛唐诸公,惟在兴趣。羚羊挂角,无迹可求。故其妙处,透彻玲珑,不可凑拍。如空中之音,相中之色,水中之月,镜中之象,言有尽而意无穷。'余谓:北宋以前之词,亦复如是。然沧浪所谓兴趣,阮亭所谓神韵,犹不过道其面目,不若鄙人拈出'境界'二字,为探其本也"。王国维在《人间词话》这两段话中,指出意境还须"言有尽而意无穷",可见,意境还包括含蓄,给读者留有想象余地这一要素。

从鉴赏的角度看,意境是指格律诗中诗人的主观情意和客观物境交相融合而形成的,能使鉴赏者发挥想象和联想的情景交融、形神兼备的艺术境界。格律诗仅有主观情意与客观物境相融的格律诗未必有意境,还需给鉴赏者留有想象空间,这样的格律诗,才称得上有意境。意境深就是这一艺术境界给予鉴赏者的审美感受。如卢纶《塞下曲四首》其三"月黑雁飞高,单于夜遁逃。欲将轻骑逐,大雪满弓刀",王昌龄《从军行七首》其五"大漠风尘日色昏,红旗半卷出辕门。前军夜战洮河北,已报生擒吐谷浑"。这两首边塞诗,均写唐军夜战,均为主观情感(战士的豪情)与客观物镜(战争场景)的结合,但哪首诗有意境?回答是前者,因为这首诗没有写出夜战的结果,因而含蓄,给读者留有想象的余地,所以有意境。后一首诗写出了战争的胜利结局,将战争的一切都说了,读者没有想象的余地,所以虽仍不失为一首好诗,但却缺乏让人想象的意境。

写作技巧高明的诗人,不仅将格律诗的主观情意和客观物境相融营造出实境,而且让营造的实境具有暗示、指引的功能,引导读者想象出一个境外之境,称为虚境。实境是"在物"的,虚境是"在心"的,方士庶在《天慵庵随笔》指出:"山川草木,造化自然,此实境也;因心造境,以手运心,此虚境也。虚而为实,是在笔墨有无间。故古人笔墨具此山苍树秀,水活石润,于天地之外,别构一种灵奇。"只有实境的格律诗没有意境,有实境又有虚境的格律诗才有意境。所以意境的基本特征是有实有虚,寓虚于实。意境是由虚境和实境两种境界组成,实境是所有格律诗都具有的,这是因为格律诗作为文学作品的一种体裁,来源于生活现实,但又反映现实生活。虚境并不是所有格律诗都具有的,一首格律诗是否有意境,关键在于是否具有表现为含蓄、能驰骋鉴赏者想象的虚境。

意境是富有美感的艺术空间，其艺术实境是既精且美，虽少而精，具有暗示、指引功能的导向力强的画面。艺术虚境是依据实境的导向，凭着鉴赏者的想象生成，具有间接的具象性以及具象的不确定性和无限丰富性等特点。实境是有形的、有限的；虚境是无形的、无限的。有意境的格律诗以实境表现虚境，以有形表现无形，以有限表现无限。格律诗的实境重概括、重凝练，不着力于"形"的描绘而追求"神"的表现，具有典型美和含蓄美。虚境具象的间接性使它有如"水中之月，镜中之花"，具有朦胧美。而具象的不确定性和无限丰富性又使之具有空灵美。意境深的格律诗，具有实境的典型美和含蓄美，虚境的空灵美和朦胧美。如以下两首诗：

　　挂席几千里，名山都未逢。
　　泊舟浔阳郭，始见香炉峰。
　　尝读远公传，永怀尘外踪。
　　东林精舍近，日暮空闻钟。

（孟浩然《晚泊浔阳望庐山》）

　　牛渚西江夜，青天无片云。
　　登舟望秋月，空忆谢将军。
　　余亦能高咏，斯人不可闻。
　　明朝挂帆席，枫叶落纷纷。

（李白《夜泊牛渚怀古》）

　　孟浩然的诗以拜谒晋朝高僧慧远住的庐山东林精舍表现自己的隐逸思想，注重的是他倾慕隐逸的"神"的刻画，诗的实境也具有含蓄美。诗末"东林精舍近，日暮空闻钟"二句，描绘仰慕隐逸的诗人不见早已作古的高僧而空闻钟声的形象，其意蕴也同钟声一样悠扬：是钟声使诗人倍觉惆怅？还是使他感到寂寞空虚？是沉沉暮钟使他醒悟大千？还是他早已参悟人生而感到钟声空空？这些意蕴难以确指，亦难以穷尽，正如沈德潜所说："此天籁也。已近远公精舍，但闻钟声……意悠而神远……一片空灵。"就是说格律诗的虚境具有朦胧美与空灵美。

明代王士禛主张"神韵说",为什么将这两首诗作为"不著一字,尽得风流"的例证?王士禛并未进一步解释,却说:"诗至此,色相俱空,正如羚羊挂角,无迹可求,画家所谓逸品是也"(《分甘余话》),依然是很玄妙,教人不得要领。但如果从意境中的实境和虚境的角度来看这两首诗,那么,"不著一字,尽得风流""羚羊挂角,无迹可求"实际上是指两首诗具有能给人以充分的审美感受的艺术虚境。"不著一字""羚羊挂角,无迹可求"实际上是指两首诗具有能给人以充分的审美感受的艺术虚境。"尽得风流"则是指这种虚的境界能给人以充分的审美感受。李白《夜泊牛渚怀古》,以晋代镇西将军谢尚重视袁宏才华之事慨叹世无知音,实境具有典型美和含蓄美。诗末"明朝挂帆去,枫叶落纷纷"两句以景收笔作结,但这"景中情"却具有不确定性和无限丰富性,使读者的思绪飘逸到一个无限的审美时空中:诗人在枫叶飘落的清晨挂帆远去,让读者思绪万千,从而在读者头脑中产生空灵美、朦胧美。

格律诗意境中的虚境有两种形成方式:一种是以实出虚的方式形成外延于实境之外的虚境,如上述李白、孟浩然诗中的虚境;另一种是以化实为虚的方式形成蕴含于实境之内的虚境,这实际上是格律诗中蕴含丰富的潜在信息,这种格律诗的意境也具有典型美、含蓄美和空灵美、朦胧美。如:

玉阶生白露,夜久侵罗袜。

却下水晶帘,玲珑望秋月。

(李白《玉阶怨》)

昨夜风开露井桃,未央前殿月轮高。

平阳歌舞新承宠,帘外春寒赐锦袍。

(王昌龄《春宫怨》)

以上两首例诗,李白写一女子伫立望月,直至白露已降,仍不愿睡去,和先前一样望着玲珑秋月。诗的实境描绘的是一幅女子望月图,图中的秋月、玉阶、白露、水晶帘,景物何其美好!但由诗题"怨"字的暗示而仔细吟咏之后,闭目一想,读者眼前又会浮现这样的画面:这个女子原来在望月怀人,她是那样柔情千种,却又愁容满面,从而窥见她内心实有愁怨。按王国维《人间词话》中有"境非独谓景物也，喜怒哀乐，亦人心中之一境界"的说法，这个女子心中的怨恨，就是虚境，而这一虚境又是多么空灵和朦胧。王昌龄的诗，首句以桃得春风而开，比喻新人的承宠。次句以月高示夜深，隐承宠新人在宫中通夜宴乐。三、四句写新人受宠之隆。诗的实境句句写新人承宠而欢，但由试题中的"怨"字，则又暗示出一个旧人失宠而怨的虚境。王尧衢在《古唐诗合解》说："不寒而寒，赐非所赐，失宠者思得宠者之荣，而愈加愁恨，而有此词也。"沈德潜在《说诗晬语》也说："只说他人承宠，而已之失宠，悠然可思，此求响于弦指之外也。"

格律诗中的意境，有篇中境、句中境之分，均能给鉴赏者以意境深。整首诗表现一种意境的，称为篇中境，如前述王昌龄的《春宫怨》、李白《玉阶怨》的意境皆为篇中境。也有意境存在于诗句之中的，称为句中境，如杜甫《春望》中的"感时花溅泪，恨别鸟惊心"。这两句诗，移情于物，诗人因感时伤别，以"我"观物，故物皆着"我"之色彩，遂觉花也溅泪，鸟亦惊心。诗句既描写了春天鸟语花香的自然景色，又蕴含有诗人在战乱中眷念祖国，热爱家人的美好情操，这就是诗句中的意境深。

意境有两种基本的形态：物镜和情境。物镜以写物为主，通过景物的描写隐蔽地寄托诗人的主观情意，从而构成意境。王夫之所谓"景中情"，王国维所谓"无我之境"皆为物境，王国维还认为这种意境是"以境胜"。如：

长安一片月，万户捣衣声。

(李白《子夜吴歌》)

日暮天无云，春风扇微和。

(陶渊明《拟古九首》其七)

上两例诗句，是这种"妙合无垠"因而具有隽永的意境深的诗句，都是借景言情，情在景中。寄寓在景物中的情感，需要读者去体会，去想象，因此有意境。王夫之评李白这两句诗，谓"自然是孤栖忆远之情"，评陶渊明这两句诗，谓"想见陶令时胸次"，都是透过景物的描写看到了诗句中蕴含有情感。李白的诗，通过思妇捣衣景象的描写，表现了思妇怀念远人的情感；陶渊明的诗句，在对春天景物的描写中，隐含诗人陶醉于大自然的无拘无束的生活的恬淡的隐逸情怀。王夫之说："情景名为二，而实不可离。神于诗者，妙合无垠。"

情境，以写情为主，以描写诗人情感状态创造情感空间来构成意境。王夫之所谓"情中景"，王国维所谓"有我之境"皆为情境，王国维认为这种意境是"以意胜"。如前述杜甫《春望》中的诗句，句中的情思较为明显，且与景物一起构成意境，即是情境。还有一种直抒胸臆之作，亦能营构情境而给人以审美享受。如杜甫《登高》中的"万里悲秋常作客，百年多病独登台"，为直接抒情之作，前人认为两句诗中写出了八层悲愁，体现了杜诗"沉郁"的风格。诗句有诗人秋天登高的形象，句中抒写的诗人流离坎坷中的心情，又使人感到意绪千端，衷肠百结，感叹不已，因而虽是直抒胸臆之句亦有意境。

诗中的理语、议论，只要能融合着情感和形象，也能营构意境，具有意境深。如苏轼《洗儿戏作》："人皆养子望聪明，我被聪明误一生。惟愿孩子愚且鲁，无灾无难到公卿。"纯是议论，但由于它总结了诗人一生的坎坷仕途经验，表现了诗人愤世嫉俗的激愤之情，读者可凭借"情"的媒介和自身生活经验的补充，从诗的整体观念进行想象，从而获得处世人生的教益，因此这首有深刻寓意的诗是有意境的。又如苏轼《迁居临皋亭》中"我生天地间，汉蚁寄大磨。区区欲右行，不救风轮左。"这几句诗说明的"事与愿违"的道理，是寄寓在"汉蚁寄大磨"这一形象之中的。这种寓理于形的诗，亦须借助理解、想象，从形象中去发现哲理，故也是有意境的，其中"形"为实境，"理"为虚境。

格律诗的意境有大、小之分。晏几道《更漏子》中的"柳丝长，桃叶小，深院断无人到"，是小境；杜甫《登岳阳楼》中的"吴楚东南坼，乾坤日夜浮"，是大境。格律诗中的小境、大境，虽"不以是而分优劣"，但它们给鉴赏者的审美感受却不一样，小境清丽的景致给人以优美感，大境的雄浑气势给人以壮美感。掌握格律诗的大小意境，对于格律诗创作有很大的助益。

二、格律诗形式的欣赏

据许山河《诗词鉴赏概论》，格律诗是要求内容与形式高度完美统一的文学样式，如果将一首诗比作一张美丽的毛皮，那么诗的形式就是毛，内容就是皮，它们是互相依存，互为表里的。一张毛皮的价值既取决于皮也取决于毛，同理，一首诗的审美价值既与内容有关也与形式有关，而且，格律诗最先给鉴赏者以审美感受的还是它的形式。因此，对格律诗形式美的鉴赏，就与对它的内容美的鉴赏同等重要。

格律诗的形式美表现为外部形式美和内在形式美两种，所谓外部形式美是鉴赏者的视觉和听觉可直接感受到的形式美，其中，视觉形式美表现为整齐美、对称美、错综美，听觉形式美表现为声韵美、音乐美。所谓内在形式美，是需在读者视、听觉的基础上加上思维才能感受到的形式美，它主要是格律诗的艺术技法给人们的审美感受——技艺美，其中又可分为修辞手法中的含蓄美、词语中的色彩美，结构中的曲折美。

(一)格律诗视觉形式美的欣赏

格律诗的视觉形式美与格律诗的体式密切关联，表现为一种视觉上的整齐美和对称美。不同体式的诗，其整齐美的表现形式各不相同。五、七言绝句和律诗，不仅每句字数相同，而且每首句数相等，这种分行排列，句式整齐，篇幅一致，是诗中最典型的整齐美。从三言至十一言的古体诗，以及五、七言乐府诗，虽然每首诗的句数不同，但每句诗的字数却大体相等，分行排列开来，也能给人一种句式整齐的美感。

诗的对称美从"对偶"这一特点中表现。律诗、绝句、排律中的对仗，是既对且偶，它要求诗句两两相对，而且每一相对的两句诗中对应部分的词的结构和词性也要相同，有如古代的仪仗队一样，成对成行，是诗对称美中最典型的形式。古体诗、乐府诗则只偶不对，即每首诗的句数都是偶数，这就好像古代的卫士分列两行，也给人一种视觉上的整齐美。

整齐之所以为美，是因为它能给人以和谐感和秩序感，对称之所以为美，是因为它能给人以稳定感和均衡感。诗的整齐、对称的形式，也符合这一美学法则，因此给人以赏心悦目的审美感受。

诗也有错综美的，古诗中的有些篇章，如《敕勒川》《蜀道难》等，如同词一样，句式参差不齐因而具有错综美的。词也有整齐美的，如《浣溪沙》《玉楼春》皆为七言绝句，《鹧鸪天》的上阕，《菩萨蛮》《清平乐》的下阕，句式也是整齐的，均给人以形式的整齐美。

(二)格律诗听觉形式美的欣赏

格律诗具有听觉形式美，这表现在格律诗的声韵美、音乐美，这是格律诗的特色。格律诗流传了3000多年，至今仍广受人们的欢迎、传承、弘扬，或许得益于它的这一特色。一首诗即便内容写得深刻、给人启迪，但在欣赏过程中无法让读者有音乐美的感受或体验，那这种诗可想而知是难以流传，甚至可以断言是写得不是很好的。

古代诗人讲究"吟咏之间，吐纳珠玉之声"，从而使格律诗具有动听的声韵美。谢榛在《四溟诗话》中提出"诵要好，听要好……诵之行云流水，听之金声玉振"，这不仅是对格律诗语言声韵美的概要，也是他的创作主张。格律诗的声韵美，有拟声、双声、叠字，叠韵，声调、节奏、用韵等多种表现形式，它们在格律诗中按照前文所述的形式规律进行组合，其声韵美的形式可有多种多样的体现。

1.格律诗的押韵

押韵是指格律诗的一定位置(一般是诗句的末字)用的母相同或相近的字。格律诗押韵的目的有三：一是"凡乐诗之所以用韵者，以同部之音，间时而作，足以娱人耳也。故其声促者，韵之感人也深；声其缓者，韵之感人也浅"(王国维《说周颂》)。故格律诗每隔一句或几句诗，在一定的位置上，同韵的字反复出现，使诗具有回环往复的声韵美。而且律诗一般只用平声韵，读起来悠长，听起来和谐，更构成了诗的音乐美。二是如臧克家所云："押韵却是加强节奏的一种手段，如鼓点，它可以使诗的声调更加亮，增加读者听觉上的美感。"三是服务于感情的发,"盖因情以发气,因气以成声,因声而绘词,词而韵,此诗之源也。"因此选用字韵很有讲究,阳韵(带鼻音的)洪厚响亮,有助于高亢激昂感情的抒发;阴韵(不带鼻音的的)细微舒软,有助于细腻或悲凄感情的表现。字韵选择合适,不仅能使诗句和谐上口,铿锵悦耳,造成一种韵味美,还有助于文情的抒发。

2.格律诗的拟声、叠字

通过象声词实现的对某种客观声音模仿的拟声,有使人如闻其声的审美感受,如"潺潺"状流水声,"漕漕"状雨声,"行不得也哥哥"状鹧鸪叫声,"姑恶""苦苦"状秧鸡鸣叫,"布谷"状鸤鸠鸣叫等等。叠字就是字的重叠,叠字除了起拟声,加重语气等声韵作用外,还有其他声韵效果。如李清照《声声慢》的开头,连用"寻寻觅觅,冷冷清清,凄凄惨惨戚戚"十四个叠字,造就一种急促、跳动、铿锵的声韵效果。

3.格律诗的双声、叠韵

双声是指格律诗中相连的两个字声母相同,例如"参差"(cēn cī)是双声,它们的声母都是 c。"踟蹰"(chí chú)也是双声,它们的声母都是 ch。叠韵是指格律诗中相连的两个字韵母相同,如"窈窕"(yǎo tiǎo)是叠韵,它们的韵母都是 ao,"婵媛"(chányuán)也是叠韵,因为 an 与 uan 是同一韵部,只是韵头不同,也是叠韵。

格律诗中运用双声、叠韵词,能使格律诗具有声韵美和音乐美。王国维《人间词话》指出"余谓苟于词之荡漾处多用叠韵,促节处用双声,则其铿锵可诵,必有过于前人者"。如《诗经·月出》:

月出皎兮!佼人僚兮,舒窈纠兮,劳心悄兮!

月出皓兮!佼人懰兮,舒忧受兮,劳心慅兮!

月出照兮!佼人燎兮,舒夭绍兮,劳心惨兮!

这首诗三章的内容大致相同,只是将叠韵词,"窈纠"变化为"忧受""夭绍",化一章为三章,使诗的声韵具有回环反复的效果。《诗经》中的诗篇,多如《月出》一样,有较多的双声、叠韵词,形成或急促、或荡漾的声韵美、音乐美,这是与《诗经》的诗多是民歌和能合乐歌唱的特点有关。

4.格律诗的声调

声调是指语言发音过程中音高和音长的变化。古代汉语有平、上、去、入四个声调,它们的声的特点是:"平声哀而安,上声厉而举,去声清而远,入声急而促。"平仄则是对汉语四声的简单归类。"平"指古代汉语的平声,声调长而较少高低升降的变化,"仄"则包括古代汉语的上、去、入三声,声调短促而且高低升降的变化较大。近体诗和词把平声和仄声按照格律诗格律中的规则交错使用,词的声调就不会呆板,而是有长短、高低、升降的变化,抑扬顿挫,形成诗的声韵美、音乐美。

5.格律诗的节奏

节奏是指音响运动中,有规律地奏出的长短、强弱的现象。一首诗中各句诗的节奏相同或大体相同,读起来就会产生一种畅通感和舒适感,而词的节奏错综变化又给人一种新鲜感。由于古代汉语多是单音、双节词,极少两个音节以上的词或词组,所以格律诗是由两个节组合成一个节奏,如"床前明月光"为三个节奏,"舞低杨柳楼心月"为四个节奏。在一般情况下,格律诗平仄的交错使用,体现了节奏的变化。

格律诗中拟声、叠字、双声、选韵的使用,声调、节奏的变化以及押韵,共同组成格律诗的声韵美。朗诵格律诗即可品味到格律诗的声韵美,而鉴赏格律诗的音乐美则需吟唱,因为朗诵的音阶、音色、音量,以及抑扬顿挫,节奏旋律等,都比不上吟唱那么灵活多变,错综复杂,因此吟唱比朗诵更为动听,也更为传情。读者看到有些人在吟咏格律诗时,那种双目微闭,摇头晃脑的忘乎所以的样子,就明白了他们从吟唱中得到无以言喻的美的享受。

词本是合乐的诗,它实际上相当于现代的"歌词",在唐宋时代就是歌妓舞女启动朱唇用以侑酒佐觞的,所谓"一曲新词酒一杯",就是这种生活的写照。后来它才脱离音乐成为独立的文学样式,所以词是能歌唱,有音乐的诗。有些词的乐谱也流传下来了,可以按谱而歌,欣赏它的音乐美,如姜夔的《扬州慢》《暗香》《疏影》是他的自制曲,今天仍可按姜夔自制的乐谱歌唱这几首词。乐谱没有流传下来的，后代的音乐家也可给它另谱新曲，如岳飞的《满江红》、陆游的《钗头凤》等。诗的情况与词相似，《诗经》的"风""雅""颂"是最早的诗，它们就是根据乐曲来分类的，"风"是民歌，"雅"是朝廷的乐曲，"颂"是祭祀之曲。后来诗虽也成为一种独立的文体，但不少诗如乐府诗、绝句仍可以歌唱，如高适、王昌龄、王之涣他们就曾比过谁的诗被歌女唱得多，成为诗坛的佳话。王维的《送元二使安西》，也因后两句诗在歌唱时重复唱三次而被称为《阳关三叠》。

格律诗的音乐美可以通过吟咏欣赏到，那么格律诗怎样吟咏？词的吟咏要按乐谱。诗的吟咏有两个原则：一是平长仄短，二是声情一致。所谓平长仄短，是指诗的吟咏，平声要长吟，仄声要短唱。如绝句的吟咏，由于韵脚多为平声，故要长吟。长吟的地方除韵脚外，每句至少还要有一处。在以平声开始的平起式绝句中，长吟处为"二、四、四、二"，即第一句第二字，第二句第四字，第三句第四字，第四句第二字长吟，这些字都是平声字。仄起式的绝句的长吟处则是"四、二、二、四"。一句之内，如第六字为平声者，可长吟可不长吟。拗体则从实际出发，但仍不离"平长仄短"的原则。

所谓"声情一致"，是指吟咏时声音的长短高低的变化要与诗的情感相结合。这是因为诗的声韵美、音乐美，是由其情感决定的，声与情是密不可分的。关于情感决定格律诗的声韵，前人早已认识到，《尚书·尧典》云："诗言志，歌永言，声依永，律和声。"如果说这一段话还只是笼统地说明早期的诗是与音乐紧密相连，还没有阐述诗中情感与声韵的关系，那么，《毛诗·序》云："诗者，志之所之也。在心为志，发言为诗。情动于中而形于言，言之不足故嗟叹之，嗟叹之不足故永之，永歌之不足，不知手之舞之，足之蹈之也。"《汉书·艺文志》云："故哀乐之心感，而歌咏之声发。诵其言谓之诗，咏其声谓之歌"均清楚地指出了诗的声韵是由情感决定的。鲁迅的七律《无题》，全诗声情并茂。如下：

惯于长夜过春时，挈妇将雏鬓有丝。
梦里依稀慈母泪，城头变幻大王旗。
忍看朋辈成新鬼，怒向刀丛觅小诗。
吟罢低眉无写处，月光似水照缁衣。

在此诗中，鲁迅继他写杂文的一贯风格，爱憎分明地叙述了在白色恐怖的国民党统治下的社会，就像是黑色长夜，双鬓上丝发斑白的诗人，还要带着妻儿出走避难，引得年老的母亲担惊受怕。进而愤怒地揭露尽管城头上军阀旗帜经常变换，但新旧军阀你方唱罢我登场，并没有一个是为国为民的，控诉了革命的年轻朋友惨遭军阀杀害。全诗饱含情感，义愤填膺，充满了对黑暗社会的控诉和批判。

诗的"声"与"情"不仅密不可分，在心为情，为志，发言为声，为诗，而且，格律诗的"声"与"情"又是互相对应的，有什么样的情感，就会有什么样的声韵。《乐记》云："乐者音之所由生也，其本在人心之感于物也。是故其哀声感者，其声唯以杀，其乐心感者。其声哗以缓，其喜心感者，其声发以散；其怒心感者，其声粗以厉；其散心感者，其声直以廉，其爱心感者，其声和以柔。"这段话具体指出了情感与声韵、音乐的对应关系，当人悲哀之时，其声急促低沉；当人欢乐之时，其声和缓宽舒；当人高兴之时，其声轻快响亮；当人愤怒之时，其声粗莽严厉。若怀敬仰之情，其声庄重正直；若怀爱慕之情，其声婉转优美。

既然格律诗的声韵由情感决定，那就意味着格律诗的声韵美可从本文的情感中得到，正如李重华《贞一斋诗话》所云："何谓音？曰：诗本空中出音，即庄生所云'天籁'是已。籁有大有细，总各有其自然之节，故作诗曰'吟'，曰'哦'，贵在叩寂寞而求之也。求之果得，则诗中或悲或喜，或激或平，——随其音以出焉。如洞箫之笛各有窍，——按律调之，其凄锵要眇，莫不感人之深。"了解格律诗中声与情的对应关系，格律诗的声韵从本文的情感中来，就能结合本文的情感欣赏声韵，更深入地体验格律诗的声韵美、音乐美。

张若虚《春江花月夜》因声韵美而久负盛名。其声韵美体现在两点：一是语言自然平和，声音悠扬。这是因为《春江花月夜》抒发游子思归的相思离别之情，所以韵调优美。尤其是全诗四句一换韵，分别是：庚韵、霰韵、真韵；纸韵；尤韵、灰韵；文韵、麻韵；遇韵。用韵规则是高、低音相间，使韵律抑扬回旋，加之平韵仄韵交错使用，因此音乐节奏感强烈而韵调优美。这种声韵的变化，切合着诗情实际，达到了升华主题的写作目的和声情并茂的表达效果。

(三)格律诗技艺美的欣赏

格律诗的技艺美,主要表现在修辞手法中的含蓄美、词语中的色彩美,结构中的曲折美。

1. 含蓄美,是格律诗的技艺美在修辞上的表现

格律诗在表达思想、主张、观点、情感时,都通过各种修辞手法来达到,而且给人阅读欣赏过程中体验到多样的和丰富的审美感受。这里所说达到的"修辞美",不是指修辞手法本身的美,正如"自然美"不仅仅是指自然本身的美,而且还指修辞手法在格律诗中产生的审美效果。具体表现在以下几点:

一是格律诗写作的实践中常用比喻的表现手法。这种表现手法使抽象的事物具体化,使鉴赏者获得形象生动的审美体验。李白、李煜等诗人以明月、春水、白发、飞絮、梅雨、烟云表现"愁情"的各种比喻,如家喻户晓的《静夜思》中,李白就很高超地通过"明月"把"愁"这一抽象的情感具体化,形象化了,成为流传万古的佳作。格律诗中的比喻可以使抽象化为形象,从而使读者从中体会到其中的审美情趣,最著名的诗作是白居易的《琵琶行》(节选):

大弦嘈嘈如急雨,小弦切切如私语。

嘈嘈切切错杂弹,大珠小珠落玉盘。

间关莺语花底滑,幽咽泉流冰下难。

冰泉冷涩弦凝绝,凝绝不通声暂歇。

别有幽愁暗恨生,此时无声胜有声。

银瓶乍破水浆迸,铁骑突出刀枪鸣。

曲终收拨当心画,四弦一声如裂帛。

以上诗句中"如急雨""如私语""大珠小珠落玉盘""莺语花底""泉流冰下""银瓶乍破""水浆迸""铁骑突出""刀枪鸣""如裂帛"等比喻,将语言难以捕捉的声音化为容易感受的视觉形象,使琵琶大声小声交相弹奏,以及轻快流利之声,悲抑硬涩之声,余音袅袅、余味无穷的音乐境界和琵琶弹奏的高潮及曲终的音乐效果,得到绘声绘色地再现,使读者仿佛身临其境与诗人一道欣赏这令人叹为观止的琵琶弹奏的美感。韩愈的《听颖师弹琴》、李贺的《李凭箜篌引》与

《琵琶行》一同被后人推崇为"摹写声音之至文",足见作者运用比喻的修辞手法将抽象的声音转化为可见可感的艺术魅力,获得了读者的公认。

在格律诗写作中,比喻运用得恰到好处,更能使抽象的事物形象、生动。岑参的《夜过盘石》"月如眉已画,云似鬓新梳",许浑的《村舍》"鱼下碧潭当镜跃,鸟还青嶂拂屏飞",无一不是善用比喻的佳句。前者以眉喻月,以鬓喻云,表现了月的细长,云的浓厚;后者以镜喻水面,以屏喻山峰,写出了水的清澈,山的陡峭。通过品读这些比喻的诗句,读者获得了对水、峰、月、云等景物的深刻理解,从而享受到更好的审美感受。

二是格律诗写作的实践中常用兴的表现手法。这种表现手法与比的手法在写作实践中一同运用,但兴的手法在表情达意方面显得婉转恻隐。杜甫在《佳人》中写道:"在山泉水清,出山泉水浊","摘花不插发,采柏动盈掬。天寒翠袖薄,日暮倚修竹"。这是兴、比两种手法同时运用,兼而有之,既以出山水(借喻出仕)浊作在山水(借喻隐逸)清的陪衬,更以山中泉水之清借喻空谷佳人的品格之高。诗句刻画佳人爱美而不为容的情趣,展现出佳人纯洁朴素的心灵,而将佳人的形象与松、柏联系起来,暗示读者理解诗中佳人具有经寒不凋的松柏和挺拔亮节的翠竹那样的品格。兴比手法兼用使"佳人"的形象在诗句中显得含蓄,令读者无法确定幽居空谷的佳人是"三吏""三别"所写那样的主人公,还是诗人继承"芳草美人,以喻君子"的传统以自喻?因而让人感觉到诗句以"兴而兼比"手法塑造的佳人形象,更加具有空灵美、朦胧美。

三是格律诗写作的实践中常用衬托的表现手法。这种表现手法不仅反衬主要事物的美,更能让读者对主要事物感受到更为鲜明、深刻的审美体验。如在《格律诗论·上》中所引刘禹锡《赏牡丹》,以芍药和芙蓉映衬牡丹,更突显了牡丹的国色天香。白居易《山枇杷》中的"回看桃李都无色,映得芙蓉不是花",苏轼《定惠院咏海棠》中的"嫣然一笑竹篱间,桃李满山总粗俗",都是运用衬托的写作方法,前者以桃李、芙蓉映衬山枇杷,后者以桃李映衬海棠,从而使读者获得对山枇杷、海棠的单一描写更鲜明、深刻的审美享受。

四是格律诗写作的实践中常用夸张的表现手法。这种表现手法使事物的特征更鲜明，本质更突出，给读者以最大的审美满足。如李贺诗句"黄尘清水三山下，变更千年如走马"，以夸张表现人间的沧海桑田，变化很快，寄寓诗人对人事沧桑的深沉感慨，确能"发蕴而飞滞"，使读者获得更多的审美满足。而李白在《蜀道难》则写："上有六龙回日之高标，下有冲波逆折之回川。黄鹤之飞尚不得过，猿猱欲度愁攀援。"从中看出李白以山高得连太阳神的车都要折回，惯于高飞的黄鹤也下过去，惯于登高的猿猱也愁于攀援三个夸张，形象地表现了蜀道山势的高危，真是"状难写之景，如在目前"。

总之，通过以上四种修辞手法的简要分析，可见写作格律诗时运用各种修辞手法，塑造形象，表情达意，能够给人多种多样的审美感受。

2.色彩美，是格律诗的技艺美在词语上的表现

在写作和欣赏格律诗时，读者也能在其字里行间体验和感受到其色彩美存在的魅力。其色彩与情感相关联，为情感服务。历代诗人在创作格律诗时，力争将诗的语言作为精湛的画笔，着力铺陈设色，借色传情，以情感化的色彩，勾勒出大千世界的神采风韵，寄寓特定的内心情绪和审美意趣，以颜色的美感传递诗人的情感，如以下两例诗句给人一种"暖色调"的美感，传递出诗人热烈的情感。：

山桃红花满上头，蜀江春水拍山流。

（刘禹锡《竹枝词》）

日出江花红胜火，春来江水绿如兰。

（白居易《忆江南》）

从上述两例诗句中看出，诗人不是为着色而着色，色彩具有象征意义，传递着诗人的情感。如刘禹锡词中的暖色是用以传递男女主人公心中热烈而缠绵的爱情的，因为后两句"花红易衰似郎意，水流无限是侬愁。"就直接以桃花流水比喻男女主人公的爱情。所以，那满山的红花正是男主人公热烈的爱恋情绪的写照，满江的绿（春）水又是女主人公缠绵情意的显现。白居易的《忆江南》是回忆"江南好"的，诗人心中洋溢着他对早年曾经在那里生活过的江南的热爱情绪，这种热爱情绪以江花胜火，江水如兰的鲜艳明丽的"暖色"恰当地传递出来。因此色彩是人的感情的附着体，不同的色彩能表现和引发人们不同的情感

反应。读者鉴赏格律诗的色彩美,应注意把握这一点,这是鉴赏色彩美的奥妙所在。

周济将格律诗的色彩美分为三种:浓(严妆)、淡(淡妆)、本色(粗服乱头),见他在《介存斋论词杂著》中论诗人的语言色彩时指出:"毛嫱、西施,天下美妇人也,严妆佳,淡妆亦佳,粗服乱头,不掩国色。飞卿,严妆也;端己,淡妆也;后主则粗服乱头矣。"读者知道,客观世界是五光十色的,格律诗来源于客观世界,必然反映客观世界,色彩美因此多种多样,但读者可尝试以此为主色调鉴赏格律诗的色彩美。如宋祁《玉楼春》中的"绿杨烟外晓寒轻,红杏枝头春意闹",皆有"秾艳"的色彩美。宋祁以"红""绿"的西色字直接表现出色彩的积艳。又如以下两首:

霜落熊升树,林空鹿饮溪。

人家在何处?云外一声鸡。

(梅尧臣《鲁山山行》)

暧暧远人村,依依墟里烟。

狗吠深巷中,鸡鸣桑树巅。

(陶渊明《归园田居》)

以上两首诗所描写的景色,不加粉饰,很自然地描写,显示了其"平淡"色彩的特征。但它不是"淡而无味",而是"淡而有情""淡而有致"。元好问《论诗三十首》评陶渊明诗云:"一语天然万古新,豪华落尽见真淳。"也有人认为这种"平淡"是"浓后之淡",是诗美的最高境界,如葛立方《韵语阳秋》云:"欲造平淡,当自组丽中来,落其华芬,然后可造平淡之境。"梅尧臣在《读邵不疑学士诗卷》自谓:"作诗无古今,唯造平淡难"。由此看出,"平淡"是众多诗人追逐但难以企及的境界。

3.曲折美,是格律诗技艺美在结构上的表现

我国作为诗歌的国度,在诗歌发展几千年的进程中,始终不乏曲折美的诗句。陆游"山重水复疑无路,柳暗花明又一村"的吟唱,也可以说是对曲折美的追求。曲折之所以为美,是因为曲折是阻延和转折的对立统一,阻延造成欣赏

的期待、焦灼和疑虑，转折带给欣赏者的是对立面转化后的惊奇和喜悦，所以那些结构上千变万化、云霓明灭、曲径通幽的格律诗，能使读者不断产生新的审美期待、惊奇和喜悦，因而具有美的魅力。前人论格律诗时总结出"诗犹文也，忌直贵曲"的经验，至今对格律诗写作仍有指导作用。著名文学家、批评家金圣叹在《西厢记笔法》评论说："文章之妙，无过曲折。诚得有百典千曲万曲，百折千折万折之文，我纵心寻其起尽，以自容身其间，斯真天下之至乐也。"这当是对曲折美的推崇。

在我国浩瀚的文学作品中，叙事诗或长篇抒情诗最能充分地显现格律诗的曲折美，因为这些格律诗有较大的结构空间，让诗人在曲折上尽情施展身手、一诉衷肠。如屈原在《离骚》所表现出来的给人以跌宕起伏，复杂纷纭的曲折美。该诗写出现实中受到排斥打击，十分苦闷，茫然不知所从，向神巫灵氛求卜问路，灵氛劝他远逝九州，去追求一个理想的君王，诗人想按灵氛的话远逝九州，却又忘不了故国，最后只好沉江自殉，以死抗争，警示后人。诗抒写诗人虽遭迫害，却又充满百折不悔的矛盾冲突。《古诗为焦仲卿妻作》叙述了焦仲卿虽迫于母命离异爱妻刘兰芝，但夫妻相约日后重新团聚，谁知兰芝遣返回家后虽拒婚县令之子在前，却又迫于兄命再嫁太守之子在后，仲卿、兰芝无可奈何，只好双双殉情，以死对黑暗社会进行控诉。这一曲折的爱情悲剧，其结构也与之相适应，山重水复，花明柳暗，不仅催人泪下，更让读者感受到全诗回肠荡气的曲折美。虽然时间久远，但由于曲折美的感染和影响，《离骚》《古诗为焦仲卿妻作》所流传的故事至今仍然经久不衰。

在诗歌写作中，格律诗曲折美的艺术表现技巧有其独特的功力，是其他写作表现技巧所难以到达的。因其多采用迂回表现，或欲擒故纵，或声东击西，或虚实结合，或侧面衬托等写作表现手法，营造和追求出人意料艺术效果。笔者创作的《缘来如此》，初看似是爱情诗，实为政治抒情诗；此诗是为海南热带海洋学院会议室悬挂的台湾成功大学教授送的"缘"字书法题写的，富有寓意，不只寄托了海峡两岸人民的牵挂之情，还流露了盼望祖国早日统一，台湾这个大陆的"美人"早日归来。《缘来如此》很好地表现了格律诗的曲折美，使读者在欣赏诗作时有一种峰回路转、柳暗花明的审美体验,进而随着诗人的思路去把握和理解诗歌作品的立意、写作的背景、描述的对象,以及诗人在作品中所要表达的思想、见解、主张,以引发读者的好奇心、探索欲、家国情,以便基本准确理解作者的初衷,同时获得欣赏作品的艺术享受。如下:

重山碧海连天远,难阻缘深两燕飞。

异地情牵多少梦,金秋盼得美人归。

(符聪《缘来如此》)

第四章 格律诗作品

第四章　格律诗作品

不忘初心——从教 25 年感怀

少时听父谈民国，
誓览诗书跟党行。
苦读十年终有径，
从师廿载默无名。
阿陀岭下中专路，
五指山中职教情。
满腹文章回海口，
一身遗憾别山城。
亲宣示范同人赞，
力树名师举校荣。
踏足崖州迎挑战，
归心琼院启新程。
全程参与更名事，
两地齐歌转海声。
目睹海南谋自贸，
胸怀桑梓舞心旌。
余生用命朝南海，
今世专心报北京。
不改初衷担当在，
续栽桃李又长征。

儋州情怀(15 首)

(一)听母论古

少时慈母常论古,
月下西村亦未休。
报国持家皆道理,
为人处世尽因由。
诗书长读今生乐,
忠孝全无后辈忧。
悟透娘亲弦外话,
终身受益胜秋收。

注:论,lún。论古,讲述传说和经典故事。

(二)感恩父亲

他乡过节思严父,
想必今年更白头。
少壮如牛扛万苦,
老来似海纳千忧。
龛前伴我时时读,
乡下持家岁岁愁。
盼得闲身回故里,
整天陪父度春秋。

(三)回乡旅悟
天涯浪迹谋生计,
漂泊多年未定根。
闲暇舟车回故里,
只因桑梓可安魂。

(四)归途
只身孤影浪天涯,
夜冷归心乱似麻。
期盼假期三两日,
舟车星夜赶回家。

(五)回家路上偶得
终日忙忙何所事,
七时赶路九时回。
舟车星夜方才到,
已是华灯照月台。

(六)春游明湖
山清水秀坐东隅,
楼影波光似画图。
桑梓春游何处去,
儋州新景数明湖。

(七)银滩踏春

日暖儋州去踏春,
风平浪静海无垠。
村童戏水挖螺蟹,
只见沙滩不见银。

(八)儋村秋色

雨后临窗望远空,
山村八面拂凉风。
琼天四季春依旧,
故里秋光万绿中。

(九)千年盐田

海岸盐田片片开,
朝潮退尽夕前来。
千年石臼今犹在,
疑是天仙落砚台。

(十)儋州粽香

苇临万户又端阳,
父母专捎粽一箱。
制法天工苏轼味,
老家粽子古来香。

（十一）儋州调声

假期盛会壮山河，
男女同台老少歌。
今古调声传四海，
儋人更喜有东坡。

注：苏东坡谪居儋州。

（十二）莲花山

儋耳风光游不尽，
至今始访此名山。
眼前遍是蓬莱境。
难怪灵仙在世间。

（十三）石花水洞

南国奇观传四海，
龙宫仙境出儋州。
湖边阳石冲天立，
洞里阴河向外流。
玉笋千姿迎众客，
银花万朵寄情愁。
平生历尽人间景，
此处风光值百游。

(十四)儋州商会成立

新张商会调声悠，

四海群贤聚酒楼。

携手同歌中国梦，

儋州儿女再风流。

(十五)今日儋州

儋耳从来俊杰多，

忧心家国继东坡。

现今迈步新时代，

携手同声自贸歌。

注：自贸，2018年4月13日，习近平总书记在庆祝海南省办经济特区30周年大会上宣布，支持海南全岛建设自由贸易试验区，支持海南逐步探索、稳步推进中国特色自由贸易港建设。

五指山情愫(6首)

(一)五指山三月三

三月三时游故地,
经年旧梦落黎乡。
阿陀岭上奇花艳,
五指山中百姓狂。
少女情歌心缱绻,
山兰美酒味醇芳。
春风吹绿前程路,
翡翠城今四海扬。

(二)夜游五指山

旧地重游忆念多,
眼前夜色缀桥河。
何时再得同窗伴,
共话山城酒对歌。

(三)夜宿五指山

独立桥头拂晚风,
山城春色醉河中。
华灯璀璨佳人影,
忘返流连望夜空。

（四）南圣河

少读山城伴此河，
常听对岸唱黎歌。
今秋驻足重思忆，
遗梦桥头苦恨多。

（五）登琼州大学主楼

秋看山城映夕晖，
黉楼矗立更巍巍。
琼州学府牌犹在，
物是人新校已非。

注：琼州大学2006年升格为本科院校，并更名为琼州学院，2015年更为：海南热带海洋学院。

（六）黎乡

村前院后遍槟榔
椰下山歌韵味长。
不论悲欢皆biang酒，
民风亘古是黎乡。

注：biang酒，海南黎族人民用种在山地的山兰稻糯米酿制的酒。

三亚情缘(10首)

(一)大小洞天
慕名仙境洞天游,
极目前川不见秋。
慨叹崖州皆海色,
千年墨宝遍山头。

(二)蜈支洲岛
身从北国孟秋回,
万顷蓝波映眼来。
游子常思三亚美,
每逢别离总徘徊。

(三)临春岭
端午登高望海天,
崖州全景尽云烟。
此行再上临春岭,
庆幸今生不枉然。

(四)凤凰岛
凭栏伫立望云天,
嗟叹蓬莱在眼前。
更喜崖州非昔比,
凤凰起舞海湾边。

(五)半岭温泉

夏夜闲游一路光，
蓝天当被草为床。
若居半岭长相守，
愿把崖州作故乡。

(六)南山寺

龛前灯火伴檀香，
梵语喃喃绕法场。
除却浮尘驱苦难，
人间正道尽金光。

(七)三亚水上乐园

天涯嬉水白云间，
遍布园区是险关。
地狱门前初挑战，
惊心过后尽欢颜。

（八）中廖村

秋日琼天万里晴，
慕名探访廖村行。
庭前叶茂枝繁秀，
湖面山光水色明。
民宿屋中传酒令，
椰林树下赛歌声。
崖州仙境人难忘，
此处桃源更有情。

（九）再访中廖村

椰林翠绿影婆娑，
秋色湖光妩媚多。
村道徜徉游客醉，
黎家围憩赏山歌。

（十）崖州螺号响

冬日崖州号角鸣，
千帆云集赴新程。
同心共渡滩头险，
彼岸齐听捷报声。

琼州古迹探访(3首)

(一)访东坡书院

怀才三贬仍忧国,

教化黎民景象新。

九死儋州终不悔,

余生甘做海南人。

注:三贬,指苏轼被贬至黄州、惠州、儋州。

(二)访丘濬故居

春日无云宇幕空,

同仁结伴访丘公。

金花村里英灵在,

可继堂前正气融。

理学名臣传巨著,

布衣卿相树清风。

琼台自古多才俊,

治国齐家屡建功。

(中国诗歌网 2018 年 9 月 2 日发表)

(三)访海瑞故居

久仰刚峰千古事，
亲临谒访肃衣裳。
备棺直谏惊朝野，
题寿狂书孝母娘。
南海青天垂史册，
粤东正气炳华章。
而今忠介精神在，
社稷清明共小康。

(中国诗歌网 2018 年 9 月 5 日发表)

广东行吟(3首)

(一)首次出岛(搭乘班车)

平生首次离琼岛,
日夜舟车到广州。
越岭穿山经海峡,
几多坎坷刻心头。

(二)飞天——首乘飞机感怀

千里高飞如大圣,
苍穹万象尽婆娑。
身居云海观天下,
始见人间壮美多。

(三)顺德竞聘

丈夫决计出琼州,
顺德为师志未酬。
谋事在人天不助,
空留遗憾几时休?

北京行吟(6首)

(一)京秋晨赋——国家教育行政学院培训感怀
京都百赴似家还,
却未闲心赏景山。
夜宿皇城名校内,
醒来备感任难艰。

(二)京城七夕
客居京地卧篑楼
七夕相邀共伴游
十载故交今夜见
良宵醉醒始知秋。

(三)京春别绪
故友诉怀强说苦,
念思劳燕各飞时。
人生慨叹多磨难,
莫负青春累己悲。

(四)爨底下村纪行

庚寅盛夏访西京，
见证城郊昔日荣。
爨底下村年四百，
遗风依旧启新程。

(五)京雪

京都一夜雪连连，
晨起银装在眼前。
毕竟寒冬终历尽，
人间恒久是青天。

(六)访最高人民检察院夜感

风尘一路启新程，
踏雪凌寒赴北京。
报国何须桑梓地，
男儿四海建功名。

上海行吟(3首)

(一)乙酉年之行
初游上海为亲人,
应试南洋梦未真。
夜览浦东多感慨,
眼前胜景掩艰辛。

(二)庚寅年之行
二游上海携妻女,
历久犹思迪士尼。
满目繁华言不尽,
此行最乐数符儿。

(三)丁酉年之行
三游上海伴双亲,
十里洋场日月新。
黄埔江边今胜昔,
爹娘目睹乐津津。

广西行吟(3首)

(一)桂林游

符家仲夏桂林游,
锦绣风光一路悠。
韵味壮乡终不忘,
赞称暑假乐无忧。

(二)阳朔游

韵味流连阳朔游,
小舟秋雨泛江浮。
娟巾愿给刘三姐,
赞我情歌唱不愁。

(三)防城港感赋

锦玉精雕成大器,
涛声细赏有余音。
边疆小镇新兴梦,
滨海关城强国心。

河北行吟(6首)

(一)夏宿河北农庄
燕赵农家夏日游,
屋前庄稼绿油油。
举杯共享香驴肉,
身在他乡不再愁。

(二)康巴诺尔湖
康巴诺尔湖光美,
胜似瑶池落冀州。
日暮西山游客恋,
慕名岸上赏遗鸥。

(三)卧龙图大草原
平湖碧草连天远,
燕赵风光景色新。
篝火赛歌游客醉,
来生愿做草原人。

（四）恋人花谷

群山遍地恋人花，
千里延绵映晚霞。
游客临风登栈道，
学童策马不思家。

（五）满都拉大草原

绿草无垠未尽头，
一湖碧水泛轻舟。
学童戏耍游人乐，
纵马平川始罢休。

（六）塞外长城

墙头望远白云悠，
塞外山城却近秋。
战马杀声今不再，
长城胜景引人游。

注：张家口素有"塞外山城"美称。

天津行吟(5首)

(一)敬仰周总理像
一生报效新中国,
力挽狂澜屡建功。
不论世间经几久,
人民仍旧念周公。

(二)津门故里
北上津门寻古迹,
海河西岸尽繁华。
琳琅货色千商铺,
冠绝神州近百家。

(三)天津意大利风情区
夏赴津门古迹游,
眼前林立旧洋楼。
时光已逝斯房在,
犹对来人诉国仇。

(四)天津五大道洋楼印象

独看津门西式楼,
昔时血泪上心头。
前朝旧耻虽灰灭,
切莫居安忘国忧。

(五)天津之眼

摩天轮上望津门,
八面风光眼里存。
昔日洋楼虽在目,
中华崛起变乾坤。

山东行吟（3 首）

（一）济南空中遐想
日落苍穹飞北国，
霞光极地映寒天。
今生若有猴王术，
定是腾云会百仙。

（二）林海雪原
北国冰天遍雪花，
银装林海覆枝桠。
人间玉洁千山白，
除却尘埃净万家。

（三）青岛红叶
琼天飞鲁地，
红叶美如诗。
误似秋来早，
焉知正夏时。

青海行吟(2首)

(一)青海湖

假日重游青海湖,
连天山水胜姑苏。
岸边藏女欢歌舞,
异客依依忘返途。

(二)出塞归琼

塞外初秋却已凉,
归来南国热如常。
云游不忘胞衣地,
醉恋风光是故乡。

河南红旗渠学悟(4首)

(一)河南印象
九曲黄河千载流,
炎黄基业自中州。
先贤经典传天下,
华夏文明万古留。

(二)太行山上
当年峻岭红旗舞,
十万军民战大山。
不畏艰辛多壮志,
修渠引水撼人间。

注:渠,指红旗渠。

(三)访扁担精神纪念馆感怀
结伴同游石板河,
林州故事感人多。
扁担在手行天下,
涉水翻山奈我何。

(四)咏荷

题记：与同志前往参访学习出自林县的杨贵（修渠引水）、谷文昌（造林治沙）两位优秀县委书记的生前功业，途中不意遇见纪念馆前池中盛放荷花两朵，感触万千，特意拍之，遂吟得此韵。

两朵荷花随日出，
满身清气引蜂来。
红心映绿迎冬夏，
不信春风唤不回。

（中国作家网2019年8月20日发表）

黄炎培职业教育思想研究会年会感赋(3首)

(一)西安 2015 年会

黄河自古多才俊，

炎裔黄孙有大家。

培育后人出至理，

颂扬手脑兴中华。

注:①手脑,指黄炎培提出的理念"双手万能,手脑并用"。②此为藏头诗,藏句:黄炎培颂。

(二)济南 2016 年会

齐鲁通宵冰雪夜，

群贤依旧汇泉城。

建言丁酉百年社，

共议图强惠众生。

注:中华职业教育社 2017 成立 100 周年。

(三)南京 2017 年会

金陵雪地冷凄清，

未阻群贤献计声。

不忘初心职教路，

百年圆梦续前行。

注:中华职业教育社 2017 成立 100 周年。

夜宿他乡(4首)

(一)夜宿泉城

泉城冬夜雪纷飞,
难裹银妆万物稀。
客地孤身谁问候?
醒来抱枕更寒微。

(二)夜宿金陵

金陵寒夜宿黉楼,
窗外霓灯透冷流。
雪化衾冰难入梦,
挑灯读史磨孤愁。

(三)夜宿鹏城

一轮秋月当空挂,
彻夜银光照客身。
莫道鹏城如故里,
满街尽是外乡人。

(四)夜宿重庆

月笼山城秋色美,
江边灯火赛天堂。
乘船极目观光影,
两岸霓虹彻夜长。

香港行吟（2首）

（一）香港感怀
少小闻听心向往，
而今漫步览香江。
居安莫忘殖民史，
华夏同舟重任扛。

（二）维多利亚港
凭栏伫立香江岸，
尽是风光壮美图。
日暮西山灯炫丽，
东方璀璨夜明珠。

新加坡行吟(2首)

(一)新加坡印象
初次漂洋出国门,
新加坡小有乾坤。
引人不止风光美,
融汇中西共乐园。

(二)鱼尾狮像
河边耸立一狮头,
大口喷张水巨流。
王子猎鱼今不再,
唯遗塑像度春秋。

注:塑像坐落于新加坡河畔,是该国标志和象征。塑像高8米,重40吨,狮子口中喷出一股清水。由雕刻家林南及其子雕塑,1972年完成。

第四章 格律诗作品

澳大利亚行吟(2首)

(一)考拉

体胖毛多照样爬,

梦乡终日树为家。

来宾说你贪图睡,

汝笑人人有"尾巴"。

注:考拉,澳大利亚国宝,每天3/4时间在树上睡觉,无尾巴。

(二)访澳大利亚达尔文博物馆

参访澳洲军博馆,

夷人史事必深思。

且看展品仇还在,

今赋新诗痛欲悲。

国难当年期俊杰,

和平岁月斗熊罴。

既知落后将挨打,

奋起图强尚未迟。

新春贺诗(4首)

(一)贺年抒怀(2017)

祝辞晨起已吟成,
福地天明鸡唱声。
大炮四周声阵阵,
家乡八面雾蒙蒙。
新初尚未心朝海,
年始仍需志似城。
快意书生忠与孝,
乐歌家国永昌平。

注:此为藏头诗,藏句:祝福大家新年快乐。

(二)贺戌戌新年(2018)

琼岛炮声处处催,
神州大地又春回。
金鸡唱罢随冬去,
瑞犬登台入夜来。
万户欢欣齐放炮,
阖家团聚共邀杯。
赋诗一韵同君乐,
展望新年好运开。

（三）猪年贺春（2019）

平生难遇谢交春，
有幸初迎倍感新。
昨日回乡陪父母，
今朝举盏敬人神。
诗书继世全家福，
仁义怀身四海亲。
百姓欢歌齐祝愿，
复兴中国梦同真。

注："千年难遇龙花会！万年难遇谢交春！"说的是农历正月初一立春，叫龙花会，三十晚上立春，叫谢交春。这种情况，百年中约有3次，下两次除夕与立春在同一天的是2057年，2076年。

（四）迎春（2020）

山村爆竹声声响，
春色悄悄入户来。
门外对联通福地，
堂前灯火映红梅。
千家除夕齐熬夜，
万众新年共举杯。
毕竟严冬留不住，
寒消气暖百花开。

题《喜上梅梢》画（5首）

（一）2016 题咏
雪尽梅开红满楼，
犹欣春鸟上枝头。
闲来偷瞥多一眼，
百事浮尘瞬逝愁。

（二）2017 题咏
花吐寒香映雪开，
瓣如凝玉惹人梅。
中堂春鸟枝头叫，
满屋生辉送喜来。

（三）2018 题咏
满树梅花傲雪开，
一双鹊鸟迎春回。
家寒屋简书应在，
人善缘深喜自来。

(四)2019 题咏
百花落尽随冬逝,
却有春梅傲雪开。
待到寒消红艳日,
幽香飘逸鹊飞回。

(五)2020 题咏
寒门壁画一红梅,
四季春秋映日开。
雪袭繁花花不谢,
夜栖矗鸟鸟常来。
堂前含笑迎三教,
枝上凝脂溢九垓。
品有清香如宝气,
人无梅骨若尘埃。

致敬老师(3首)

(一)致恩师

舞去银蛇紫气空,

良驹奋起朝霞红。

盼予教泽圆新梦,

誓辅恩师再建功。

注:银蛇、良驹,分别指蛇年、马年。

(二)感念师恩

学海泛舟君引路,

翻山遇水尔为桥。

前方彼岸无灯塔,

助我扬帆避暗礁。

(三)灯塔

题记:值此教师节之际,谨以小诗一韵,祝福、感谢所有敬爱的老师!

平生耕海渔人路,

总是迎风向远征。

万里波涛知彼岸,

只因航向有明灯。

中国道艺(4首)
——次望坡居士李景新教授诗韵

(一)香道
龛前供案起氤氲,
信女虔男拜庙神。
不论白红悲喜事,
擎香一炷此情真。

(二)茶艺
事毕人辞茶未凉,
壶空茗尽盏先光。
清香散去情还在,
执手依依凤请凰。

(三)插花
闺女裁回几处花,
窗前摆放映春霞。
不求艳丽芳香远,
只表初心父母夸。

(四)书法
少小临摹闻墨香,
老成又好赋诗章。
闲时泼墨怡情乐,
笔走龙蛇任意扬。

登高(3首)

(一)崖州冬日望远

崖州冬日映云天,
极目前方望海川。
万道霞光舒暖瑧,
几多骚客竞流连。

(二)感怀杜甫

杜甫登高只为秋,
符聪望远似因愁。
盼能战地心忧国,
不愿闲情望酒楼。

(三)重阳故里

佳节登高望海滨,
深秋故里绿无垠。
天南地北风光异,
不及家乡草木亲。

霭靆(2首)

(一)

莫道平时厌晚霞,
只因落日彩云遮。
静观霭靆西天尽,
无限风光映海花。

(二)

清晨极目望山川,
万道朝霞映眼前。
霭靆始终遮不住,
浓云散尽艳阳天。

落幕(2首)

(一)

场上风光人惬意，
几多愁苦有谁知？
铅华洗尽翻妆底，
岁月蹉跎悔恨迟。

(二)

又是年关催落幕，
曲犹未尽众人思。
世间节目轮流演，
任尔风光到几时？

研习夜感(4首)

(一)

四海书生聚府城，
研修文法业求精。
曹丕典论先人赞，
李密陈情后学评。

(二)

难得闲心修马列，
此回重读悟思多。
投身教育担当在，
今赋新诗为党歌。

(三)

时下文风常唱和，
齐心粉饰颂升平。
劝君多写人民福，
莫费诗情误此生。

(四)

四处诗文八股风，
书生气重内容空。
歌功颂德堪能事，
费尽光阴自乐中。

贺学生获全国大奖(2首)

(一)

弟子竞标全国赛,
过关斩将夺冠军。
开怀不在能嘉奖,
更喜黉门天下闻。

(二)

黉外门生飞捷报,
赛场脱颖得头名。
前程路远仍勤奋,
日后风光母校荣。

秀英炮台(2首)

(一)

昨日偷闲观古炮,
高居海口镇南门。
英雄战绩今犹在,
续写琼州抗敌魂。

(二)

琼岛秀英遗古炮,
闲来参访感心肠。
朱陈往昔筹银两,
兵勇长年戍海疆。
抵御法军驱虎豹,
抗歼日寇灭豺狼。
蛇神牛鬼今犹盛,
我等仍需尚武强。

母送淡薯（3首）

（一）
儿行远路母操心，
彻夜难眠泪满衾。
巷口别离娘嘱咐，
三年淡薯胜千金。

（二）
皮粗茎大貌平常，
水煮加糖味更香。
鱼翅一杯三五百，
不如淡薯两匙汤。

（三）
少小杂粮填肚饱，
老来宴席讲排场。
山珍海味虽尝遍，
不及娘亲淡薯香。

第四章 格律诗作品

女儿印记(5首)

(一)学艺秋收
小女课余兼学艺,
初修西乐只图悠。
未曾想过春播种,
不意深秋有获收。

(二)听女琴声
秋晨小女抚西琴,
巧手轻弹起八音。
闲暇偶听歌一曲,
激扬声韵解烦心。

(三)听女学弹《我和我的祖国》

题记:小女观看新中国成立70周年国庆直播盛况,难掩激动,星夜自学《我和我的祖国》。余闻听感之,记之。

欣逢举国迎生日,
小女收听舞彩花。
连夜抚琴歌一曲,
今朝分享献中华。

(四)听女奏《在堤岸上》

晌午琴声遍小楼，
闻听知女乐无忧。
《在堤岸上》方收手，
乡景乡音绕我头。

(五)泳趣

夏来爱女兴游泳，
唯见池中晃影虚。
水里不知何处觅，
潜身忽现美人鱼。

致闺女(3首)

(一)示女
儋州自古封歌海，
不论何人任口开。
吾女生来须志远，
经纶满腹栋梁才。

(二)符家姐妹
符家姐妹赛芙蓉，
出水犹思望夜空。
常约闲来文博馆，
泛舟学海志心同。

(三)新春寄女
符家闺女踏征程，
胜似春梅傲雪迎。
但许花中长拔萃，
芳菲南国映人生。

群山亘像（3首）

（一）

崖州望远百川间，
丽日和风耀海关。
朗朗乾坤何与共？
白云千载伴群山。

（二）

黉园信步望前峰，
千里延绵映眼中。
世事凡间多有变，
群山今古始终同。

（三）

晨起登高望远山，
延绵横卧到天间。
任凭世事风吹雨，
亘古如初万载颜。

万木竞秀(10首)

(一)槟榔

槟榔生海岛,
四季矗人前。
挺拔经风雨,
高直立地天。

(二)椰树

琼州遍地椰林绿,
耸立山村傍水亭。
不论寒冬连酷暑,
终年本色四时青。

(三)柳树

天涯偶遇湖边柳,
妩媚依依似丽人。
虽近中秋姿色在,
迎风婀娜胜新春。

(四)铁西瓜

黉园偶遇铁西瓜,
果硕皮青挂树桠。
味异肉黏难享用,
光鲜外表只能夸。

（五）发财树

金鸡渐去犬将来，
寒舍新花饰露台。
平日但求人硬朗，
未曾指望佑招财。

（六）美人蕉

貌若芭蕉几乱真，
终年翠绿四时新。
远观胜似娇娇女，
近看方知不是人。

（七）酒瓶椰子

酒瓶椰子凌寒立，
偶遇簧园误是钟。
不惧秋冬常绿在，
只因肚大万般容。

（八）鸡蛋花树

农家塔树立前庭，
叶茂如亭万片青。
平日繁枝争碧绿，
岂知冬季尽凋零。

(九)野菠萝

随风摇曳影婆娑,
果似菠萝欲为何?
几可乱真终是假,
谁人不识野菠萝。

(十)无名树

院落逢春百木昌,
无名树上盛花香。
凡间艳丽并非我,
旖旎风光我亦芳。

花草芳菲(5首)

(一)不死鸟

春来我不急推陈,
夏日盛开百叶新。
秋后卷风催更绿,
冬寒冒冷胜花神。

注:此为藏头诗,藏句:春夏秋冬。

(二)文竹

文竹如毛发,
迎风却举头。
平生柔且绿,
何惧不风流?

(三)兰花

屋里兰花开几片,
暗香幽放胜如珍。
一身高洁不分季,
冬去春来总袭人。

（四）葱花

年去年来又一年，
葱花三落有谁怜。
新春未必常甘雨，
本色长青绿万千。

（五）绿萝

偏好阴凉室内栽，
终身不日露窗台。
未经风雨娇难免，
历尽秋冬绿自来。

凤凰花（2首）

（一）

远看树冠疑火炬，
近前始识凤凰花。
夏开情热如篝火，
日落花红映晚霞。

（二）

黉园随处见红葩，
疑是彤球挂树桠。
三日未曾思美女，
只因艳遇凤凰花。

仙人掌(2首)

(一)

我家檐下仙人掌,
春夏秋冬四季青。
不学木棉红一月,
始终本色守门庭。

(二)

门前母种仙人掌,
叶茂根深腹不空。
未羡牡丹争妩媚,
唯留厚实百花中。

浮萍(2首)

(一)萍踪

瓢肥叶厚无根柢,
绿缀湖光不用花。
莫道浮萍漂四海,
天涯遇水即为家。

(二)浮影

满目浮萍成片绿,
无踪漂泊亦繁荣。
春来岸上佳人伴,
倩影湖中百媚生。

琼州三角梅(2首)

(一)

满目红花向日开,
环湖傍水衬楼台。
春时武汉寻樱去,
冬赏琼州三角梅。

注:北看武汉大学樱花,南赏琼州大学杜鹃

(二)

冬日迎风三角梅,
引来看客总徘徊。
问花何以招人喜,
或是凌寒始盛开。

木瓜(3首)

(一)

庭前屋后能生长,
即便墙根与瓦檐。
点点白花无起眼,
岂知瓜果最甘甜。

(二)

形如华盖婆娑影,
叶茂腰伸不抗风。
莫学木瓜光表面,
岂知皮里腹中空。

(三)

根深叶茂果甜时,
恰是青黄缀满枝。
不论春秋皆可食,
奈何熟透有谁知?

天涯遇果丁(2首)

题记：廿年未见果丁熟，昨在校门忽现，甚喜，记之。

(一)

偶见黉门熟果丁，
顿然勾起故乡情。
书童放牧荒坡地，
食果丁时好调声。

(二)

天涯遍地果丁身，
带刺枝桠未惹人。
史上灾年无物食，
果丁芯嫩救饥民。

生灵诗语(5首)

(一)春蚕

小女养蚕憨又白，
食桑终日未知愁。
吐丝作茧编新梦，
化变飞蛾四处游。

(二)马鲛鱼

深海遨游似水龙，
逐波破浪任行踪。
一朝误闯渔人网，
落入农家美味浓。

(三)猪

大耳肥头知福相，
勿须身苦食无忧。
等闲不识讥猪傻，
反被诸猪憨态悠。

(四)遗鸥

偶有闲身赏遗鸥,

瞬间顿觉世无愁。

何时修得山禽福,

终日翱翔享自由。

注:每年春天,7000多只国家一级保护动物遗鸥陆续飞抵河北省康保县康巴诺尔国家湿地公园栖息繁衍,9月底逐步飞离。

(五)飞蛾

闲时常念临山海,

今日身飞影不归。

旧地黄花依旧艳,

但悲物是却蛾非。

赏鱼偶得(3首)

(一)鱼趣
偶赏金鱼图乐趣,
池中游弋尽情欢。
形憨色艳催人悦,
徒有光鲜不可餐。

(二)池鱼
堂前鱼众戏清流,
终日三餐吃不愁。
河海江湖凭鱼跃,
何须委屈在池头?

(三)金鱼
终日寻欢戏水流,
委身荷影食无忧。
何时知觉池塘浅,
海阔河宽任鱼游。

校园观感(12首)

(一)黉园春色
小桥树下通幽处,
总见红花笑不愁。
两岸和风吹翠柳,
一湖春水映黉楼。

(二)黉湖夜色
夜踱湖边独自思,
波光摇曳影灯时。
春回气暖谁先觉?
岸上鸳鸯最早知。

(三)夏日黉园美
日丽天高万里清,
岸青湖碧夏蝉鸣。
径幽桥穆人心恋,
愿把余生付此黉。

(四)秋黉
天蓝日朗无秋意,
岸绿湖明柳色新。
楼上倚窗环八面,
黉园风景四时春。

（五）黉园湖光

北大存湖誉未名，
或因水色影无清。
琼州泓景如铜镜，
映照黉园四季明。

注：琼州，此有二意：既指海南，也指前身为琼州学院的海南热带海洋学院。

（六）藏书楼冬色

书楼高耸两风光，
背后红花绕水芳。
万绿堂前冬不谢，
方圆别具美名扬。

（七）藏书楼即景感赋

日朗天高拂海风，
波光楼影尽湖中。
园幽景美须勤奋，
莫负青春万事空。

（八）黉园感赋

桥上临风沐夏阳，
湖光如画溢书香。
黉园虽小乾坤大，
涅火经身出凤凰。

(九)从今侬是海洋人

四方八面新生涌,
师出同门胜似亲。
不论家乡何处是,
从今侬是海洋人。

(十)观看海南热带海洋学院国庆文艺晚会感怀

秋夜簧园频悦耳,
师生台上庆新华。
高潮乐响龙狮舞,
共唱红歌颂国家。

(十一)军训观感

骄阳阵雨共崖州,
参训儿郎似虎牛。
威武军姿雄赳赳,
从文尚武写春秋。

(十二)五年忆事——更名海南热带海洋学院五周年感怀

题记:余五年前入职,有幸参与更名海南热带海洋学院申报工作,并见证 2015.9.23 教育部批文。今忆及已是五周年,感慨万千,偶得此韵,记之。

奔波琼院更名事,
几度攻坚困小楼。
九月廿三传喜讯,
至今忆起五春秋。

母校情(4首)
——献给母校海南师范大学70华诞

(一)期盼

晨曦雨后故园行,
满目春光气象嵘。
不忘初心超越志,
更期母校好前程。

(二)漫步校园

母校芳菲似画诗,
重回旧地涌情思。
大楼大树时时有,
何月何年现大师?

(三)胡文虎游泳池遗址

寒窗四载未听闻,
二十年过始识君。
多少楼台今不复,
独留遗址记功勋。

(四)赏校庆对联

满园桃李盛,
四季艳阳红。
一庆知传统,
全联识校风。

女神素描(5首)

(一)儋州女
儋州美女调山歌,
千里柔情问候哥。
漂泊天涯须保重,
少沾烟酒健康多。

(二)画女
坊间偶遇无名客,
少习丹青亦女神。
平日潜心勤泼墨,
只因不做画中人。

(三)彩绘女
装体不如人改体,
花钱装体受人嫌。
千金粉饰终归老,
唯有修行百世瞻。

(四)才女
抚琴秋夜伴孤床,
把盏推窗望月光。
莫道佳人无醉酒,
只因未遇有情郎。

（五）西洋女郎

闲来不理烦心事，
际会春风遇女神。
知己何尝同国度？
天涯邂逅有缘人。

日出三观(3首)

（一）日出琼州

东边云彩映山头，
海岛朝霞绕四周。
万道金光穿暖礴，
一轮红日照琼州。

（二）日出儋州

正月儋州旭日红，
春晖千里尽收中。
眼前光景难常有，
纵逝良机满目空。

（三）日出崖州

彩云千朵笼城头，
胜似蒙纱少女羞。
望眼天边红日出，
金光万道解乡愁。

木棉湖(2首)

(一)

不辞千里白沙奔,
只为传闻世外村。
湖岸青山依旧绿,
周边楼起景无存。

(二)

木棉红艳应春月,
盛夏无花客又还。
欲赏湖光先问季,
此来枯水望空山。

夜问(2首)

(一)

孤身向海下崖州,
屈指光阴已五秋。
终日投身忙校务,
谁人为我解心忧?

(二)

离家孤影赴崖州,
床冷衾单彻夜愁。
梦里醒来身是客,
眼前缥缈更烦忧。

春韵(7首)

(一)春分
春分分热冷，
夜梦梦家乡。
今起农人苦，
终年地里忙。

(二)春雨
昨夜潜春雨，
清晨万物嵘。
若期年景好，
雨顺最关情。

(三)琼州春色
炮竹声声响不休，
迎春年味满村头。
岂因霜染红林遍，
陆客疑心误是秋。

(四)春花漫天涯
大地逢春皆妩媚，
千红万紫尽婆娑。
花花世界轻浮盛，
朗朗乾坤厚实多。

（五）春夜即景

夜问孤灯谁与伴？
唯留霓影衬湖清。
春蛙堤岸通宵唱
桥上行人未见声。

（六）思春

琼州山海醉游人，
四季如春景色新。
倩女不知冬已去，
岸边倚柳总思春。

（七）春耕

春暖乡村百姓忙，
农人耕种万家粮。
不求地里生金子，
但愿秋时满谷仓。

秋赋(7首)

(一)十秋一绝

秋风秋雨涨秋池,
秋煞秋光秋女痴。
秋季迟来秋不在,
秋回大地更秋思。

(中国诗歌网 2018 年 8 月 13 日发表)

(二)听雨知秋

卧听雨打院阳台,
窗外蒙蒙一片灰。
举目群山腾水雾,
凉风袭面识秋来。

(中国作家网 2018 年 8 月 13 日发表)

(三)夜听秋雨

随风潜入窗花润,
飘洒前庭涨水池。
身卧黉园听夜雨,
独居三亚寄秋思。

(四)秋宫

凡间不意已中秋,
万众争先脚未休。
入得深宫知底细,
堂皇富丽在前头。

(五)恋秋

千山金色遍枝头，
一片辉煌望眼收。
若是凡间皆果实，
谁人无趣再悲秋？

(六)秋夜思故人

天涯常寂夜孤行，
灯火昏沉路冷清。
秋雨淋身思不断，
平生惦念故人情。

(七)天涯秋声——参加三亚市委全委会感怀

崖州谋划兴农事，
自此扶贫不再忧。
美丽乡村宏愿在，
满城百姓盼秋收。

中秋写意(3首)

(一)中秋国庆双节同日

中秋国庆巧同时,
万里江山遍彩旗。
百姓齐心中国梦,
举杯邀月赋歌诗。

(二)中秋伴月

月下西楼人未归,
檀香插饼洒银辉。
今宵共叙同窗旧,
直到天明月影稀。

(三)秋雨月夜

窗前雨霁洒庭间,
客卧天涯尚未还。
夜问故人何处去,
一轮秋月照孤山。

题画家王辉赠画《马》(2首)

题记：昨获画家王辉先生惠赠力作《马》，甚喜，遂成二韵。

（一）

漫漫黄沙旭日红，

良驹千里闯关东。

当时不杂迎头赶，

既过云烟赛劲风。

（二）

独行千里闯天涯，

露宿风餐伴海霞。

一骑绝尘何处去，

东边日出是归家。

（中国诗歌网 2019 年 4 月 30 日发表）

题《岁月不饶人》画作

少小宽衣尿上墙，

老来尿水浸衣裳。

人生苦短须珍重，

莫逝光阴暗自伤。

题《黎乡笠韵》舞蹈

戏台起舞彩灯明,
琼女翩翩四座惊。
月下农园编斗笠,
庭前笑语伴歌声。
喜时偶饮山兰酒,
愁里常怀故土情。
企盼丰年同致富,
黎乡百姓启新程。

看群星幕后唱《芳华》主题歌偶感

将士边疆流血战,
艺人豪宅纵情欢。
你弹她唱抽烟笑,
愧对芳华万众寒。

重看《三国演义》

戊戌春初观三国,
英雄功业万年青。
先贤古训今犹在,
当下时人尚且听。

读张载《横渠语录》

重读横渠敬宋臣，

千年佳句意犹新。

先贤虽逝精神在，

更有宏篇励后人。

读黄炎培职教思想感怀

黄花凋谢久年长，

此地寒冬却味香。

远道今来寻足迹，

初心慨叹颂诗章。

注：典出黄炎培"黄花心事有谁知"诗句。

再读白居易

少读唐人长恨歌,

始知居易乃诗魔。

为官几处功名在,

贬谪苏杭遗作多。

夜读鲁迅

执笔忧民悲国事,

横眉巨著诉心情。

终身誓血轩辕荐,

千古英名励后生。

注:誓血轩辕荐,典出鲁迅《自嘲》"我以我血荐轩辕"。

夜读同窗新诗

同窗怀往事,

妙笔赋诗文。

境逆知山路,

心宽见彩云。

冬夜听《祈祷》

孤旅崖州我为何？
时常独步对天歌。
每逢月夜听祈祷，
只愿人间幸福多。

题赠政府雇员培训班学员共勉

题记：余受邀赴神州半岛为某市来自各方之政府学员 200 余人传授作文之技法。颇有感获，遂成此韵，堂上当即与学员共勉。

海风阵阵涛声在，
热浪腾腾夏日长。
游子离乡思故土，
书生勤政靠文章。

人以群分

群比今冬冷，
情为昔日浓。
愿君常论道，
益智又心松。

注：今慨叹诸微信群清冷，口占二句。午休醒起，群里忽热闹沸腾，故又补上后二句，遂成此韵。

元旦

一年复始万家欢,
二老张灯喜满园。
三世同心和睦顺,
四周春色过新元。

注:此为藏头诗,藏句:一二三四。

一路南漂

一座山门一老头,
一湖秋水一书楼。
一笺诗页一杯酒,
一盏孤灯一夜愁。

灯

灯挂华堂峥更嵘,
灯悬野外冷无声。
灯逢知己将不老,
灯遇悲欢夜长明。

在人间

日升日落忽一日,
年末年初又一年。
月缺月圆皆月亮,
人来人往为人权。

海南冬美

题记：诗友以《我赋严冬一首诗》为题吟咏，兴致甚高，余步韵应和一首。

我赋严冬一首诗，
爱心赞颂恰逢时。
家人四季观春色，
乡镇八方现绿枝。
美景天涯传浪漫，
好山五指寄神思。
海南仙境游人醉，
南国今登后悔迟。

注：此为藏头诗，藏句：我爱家乡美好海南。

（中国诗歌网2018年1月7日发表）

琼台元宵换花

元宵今夜举家行，
城美湖光映火明。
海瑞故居游客乐，
绣衣坊里店家荣；
琼台古习千年礼，
宝岛新歌百姓声。
春月高悬人未散，
诗书难尽海南情。

（中国诗歌网2018年6月27日发表）

中国红

戊戌回春万物丰，
神州遍地挂灯笼。
普天百姓同期许，
盛世中华代代红。

满月

春月初升今夜满，
金盘熠熠照琼州。
天涯四处时常盼，
万丈银光百世留。

昌化江畔木棉艳

昌江春月赏花时，
遍野红棉内外知。
岭上梯田披稻叶，
江边树木吐苞儿。
肯将美景分千友，
愿为琼花赋一诗。
游历九州山与海，
家乡宝岛最心思。

（中国诗歌网 2018 年 6 月 27 日发表）

菠萝蜜果

皮厚钉尖貌不扬，
肉甜味美更芳香。
为人当做菠萝蜜，
外表平常好肚肠。

戏说椰柳

湖边垂柳一时绿，
海岸椰林四季青。
莫怪秋冬枝叶变，
身怀本色似闲庭。

生日

生在凡间生日少，
日常知足去烦忧。
快心悟尽前身累，
乐意融通一世愁。

注：此为藏头诗，藏句：生日快乐。

女人礼赞——妇女节感怀

木兰代父边疆战，
盖世英名万古留。
不让须眉巾帼在，
上天下海耀千秋。

读史

孤处崖州访史家,
挑灯夜读解疑瑕。
前朝多少英雄事,
激励师生为夏华。

楼感

久住楼中如困兽,
常悲坐井且观天。
誓从今作回头马,
逃出玄关再梦圆。

空楼夜思

工房独坐望星空,
人静灯孤伴夜风。
腹有新诗何处诵,
无台吟唱郁心中。

车误马井

本欲今宵回海口，

岂知小憩误乘车。

突临马井如神使，

辗转凌晨未到家。

注：白马井，位于儋州市，汉将伏波将军驻守时，大旱无水，其白马刨地发现泉水，将士就地挖井，故名。

氤氲

群山晨起锁氤氲，

疑是嫦娥舞素裙。

春日渐升知面目，

佳人频笑会郎君。

颂海南——海南建省 30 周年感怀

山青海碧遍琼州，

日暖风清引客流。

三十年间多巨变，

今推新政炳千秋。

注：①山青海碧，日暖风清，出自习总书记在博鳌论坛 2018 年会讲话；

②新政，指中央支持海南建设自由贸易港。

（中国诗歌网 2018 年 6 月 28 日发表）

学园怀旧——过海南省工业学校感怀

黉门依旧在，

镶字已全非。

人事难长久，

诗文映日辉。

漫步海南职业技术学院感怀

花红草绿树葱茏，

园静堂幽画意浓。

忆想当年争示范，

光阴六载做先锋。

注：余在此从教十又三载，亲历并与同人携手三年申报、三年建设，将学校建成海南唯一的国家示范高职院校。

月下独白

李白吟诗须纵酒,
符郎不饮亦忧思。
天涯月夜常三省,
莫负芳华报国时。

海之缘

不问君何处,
天涯一笑亲。
有缘方聚首,
同是海之人。

过桥偶感

独在黉湖孤自赏,
四周光景尽春颜。
伊人桥上频回首,
多少愁思两岸间。

南下三亚感怀

登高望远碧波平,
屡有吟诗颂鹿城。
甘愿余生留三亚,
面朝南海献新簧。

崇敬英雄

不以读书评业绩,
只唯报国论英雄。
古今多少汗青册,
尽写流芳盖世功。

听琴

题记：我先后听我校两位钢琴老师李璟瑶、唐宁音乐会，感慨而吟之。

闲来夜里赏琴声，
弹者潜心演艺精。
高亢潇潇如马叫，
低沉阵阵似蝉鸣。
台前挥洒西洋乐，
幕后长怀故土情。
曲尽音余人忘返，
胸襟荡漾意难平。

（中国诗歌网2018年6月27日发表）

颂雅居乐

闻悉琼州向海洋，
豪捐一亿建楼堂。
而今再赠三千万，
善举流芳日久长。

第四章 格律诗作品

检察官赞

题记：我有幸受邀参加省检察院"检察日"活动，见证检察官履职之成果，感慨良多，归结有"忠、实、新、特"四点观感。遂以四字成诗一韵，记之赞之：

忠诚检察献青春，
实干终生护法身。
新策施行成果硕，
特推正道保人民。

（中国诗歌网2018年6月27日发表）

党庆抒怀

党日乾坤万里清，
九州同庆景峥嵘。
国人不忘初心志，
圆梦中兴享太平。

建筑工

时常踏足临工地，
众匠成天碌碌忙。
遇水架桥真汉子，
逢山开路好儿郎。
严寒修筑迎冬雪，
酷暑施工斗夏阳。
坚韧勤劳随处在，
乌云压顶又何妨？

雨中弄潮

晴天赏海起乌云，
雨打椰林湿客群。
亲历风波知险阻，
浪涛退后倍欢欣。

霓裳羽衣秀

霓裳佳丽秀唐风，
粉黛浓宜妩媚中。
频笑回眸惊众客，
诗魔再世也词穷。

恋恋海风

自小生栖宝岛中，

至今犹记放牛童。

不求功业垂千古，

但愿闲时恋海风。

天涯清影诗苑成立三周年

崖州往事似云烟，

唯著诗文数百篇。

悲悯苍生抒我意，

天涯清影已三年。

桥缘

凭栏驻足立桥头，
环顾湖光望水流。
假日伊人何处去？
临风惦念倍心忧。

题榜文村修井

榜文原古井，
久废未曾修。
贤士施慈善，
清泉续永流。
思源终有报，
饮水再无忧。
故里千人赞，
芳名百世留。

注：榜文村在海口市。

（中国诗歌网 2018 年 8 月 28 日发表）

玩偶

体胖毛绒憨态笑,

千金宠爱集全身。

时时呵护同床枕,

梦醒常讥假乱真。

风中守夜

满城忙碌皆因你,

人困精疲未敢停。

彻夜趴窗窥境况,

狂风卷后盼安宁。

符

题记:2018年5月29日参观河南博物馆,偶感记之。

孔明作令使群臣,

万户门前驱鬼神。

不论城头旗变换,

千年依旧佑黎民。

始喙龟

三亚初闻始喙龟，
亿年石骨可称奇。
深藏沙土无人识，
今日归来天下知。

人鱼传说

传现凡间倾国色，
遨游四海起潮音。
神鱼无水难生计，
孤卧堤边警古今。

琼崖立冬

琼崖四处骄阳照,

海阔天高鹭鸟回。

陆客疑身犹在夏,

岂知今日立冬来。

缘来如此

重山碧海连天远,

难阻缘深两燕飞。

异地情牵多少载,

金秋盼得美人归。

注:此诗看是爱情诗,实为政治抒情诗。此诗是为会议室悬挂的台湾成功大学教授送的"缘"字书法而题写的,富有寓意,不只寄托了海峡两岸人民的牵挂之情,还流露了盼望祖国早日统一,台湾这个大陆的"美人"早日归来!

(中国诗歌网 2018 年 11 月 15 日发表)

姹紫嫣红海之南
——海南省少数民族文艺会演感怀

欣逢盛会游人乐，
八面宾朋坐满楼。
遍地民歌传喜庆，
喧天锣鼓冀丰收。
黎苗回汉欢无尽，
春夏秋冬食不忧。
自贸征程须勠力，
琼州儿女竞风流。

面薯

枯老鳞皮裹土尘，
烹尝方觉是山珍。
剥开面目知根底，
切莫胡来貌取身。

雄狮威舞

每逢盛会舞雄狮，
冬日迎风恰我时。
莫问前方多险阻，
威仪南海展英姿。

（中国诗歌网 2018 年 12 月 27 日发表）

秋夜宿农家

村里鸡啼响四周，
醒来残月上东楼。
邻居早起生烟火，
多少农人彻夜忧？

狴犴

狴犴生来成猛兽，
凡间罕见且奇稀。
身怀本领行天下，
不学狐狸假虎威。

赏陶

闲赏彩陶寻自乐，

形多色润费心思。

洁身完好垂千古，

破碎痕开满地瓷。

（海南省诗词学会《琼苑》2018 年 10 期发表）

海南 2018 冬交会观感

天下商家齐聚首，

万般展品总包含。

千村百镇蓝图在，

最美前程是海南。

腊月夜吟

年关诸事总齐临，
日出奔波夜叹吟。
尘世浮名如粪土，
终身硬朗胜千金。

海岛故事

城关寒夜独登台，
十里华灯客未回。
散尽千金情意在，
青春不复梦徘徊。

惜别

幸会有缘相聚首，
岂知命运几难艰。
劝君健在多行乐，
此别阴阳两世间。

燕归巢

檐下修巢苦难多，
十年心血可成河。
燕飞千里归原宿，
不作黄蜂忘老窝。

夜行

少时家母常论古，
天黑风高鬼盛行。
不昧良心何所惧，
无灯夜里月光明。

春日劳作

天蓝海阔春潮涌，
四处繁忙景象荣。
莫道前人劳作慢，
是非曲直后生评。

摩天轮夜览

夜坐摩天轮俯瞰，
海边灯火似星辰。
若能借羽腾云去，
愿会嫦娥济世人。

与天涯诗友论箜篌出处

题记：天涯诗友指箜篌乃西人乐器，由波斯经西域传入中原。闻之，故吟此作，辩之。

少知西汉出箜篌，
《孔雀东南飞》记留。
莫误箜篌非我器，
兰芝十五借情愁。

两重天

朝霞昏暗锁山川，
暧曃东移尽海边。
丽日终归遮不住，
浓云散去艳阳天。

求贤

潮起琼州日月新，
求贤天下此情真。
怀才不问身何处，
企盼同为耕海人。

男儿本色

浴火重生方好汉，
风流一世立人间。
丈夫倚剑行天下，
何惧江湖百色关。

夏日琼州

天蓝日丽白云悠，

碧海群山望眼收。

满目风光游不尽，

谁人舍得别琼州？

重访红色娘子军纪念园

再携同志故园游，

娘子军功代代修。

报国不分男与女，

琼崖巾帼竞风流。

访南海博物馆

雄立南疆气势虹，

犹如巨舰辟波风。

琼人耕海千年事，

尽在潭门此馆中。

入党 25 周年感怀

入党从师今廿五，
几经辗转到天涯。
不求身后垂千古，
但以丹心报国家。

注：天涯，此处双关，也指三亚，出自"美丽三亚，浪漫天涯"，天涯海角景区位于三亚。

梦幻环球

久居海口梦环球，
偶得闲时一日游。
万国风情今体验，
眼前光景媲欧洲。

单程票

乘车千里送儿行,

临别依依父母情。

此去前方无往返,

仍需用命赴新程。

新中国成立70周年感怀

故国新生今七十,

神州同庆壮山河。

眼前将士如龙虎,

台上红旗似浪波。

好友相欢当纵酒,

亲人团聚可高歌。

中华儿女齐心志,

雄立东方四海和。

(中国诗歌网2019年10月17日发表)

人与偶

眼前巨偶似山神,
脚下争风仅一人。
高大虚空终是假,
原身本色始当真。

禅思

悟通禅理须随性,
不净凡尘未使然。
历炼有成因普渡,
随心无果便随缘。

秋夜抒怀

初心不改下崖州,
壮志难酬却白头。
阅尽人间知嘴脸,
闲时执笔写春秋。

琼州词

题记：昨遇琼州学院同仁，遂赴琼州阁小酌，感悟此韵。

昨夜琼州逢旧好，
琼州阁里论琼州。
举杯誓做琼州事，
不负琼州不负秋。

秋望陵城

一桥飞架跨城关，
日出风光映水间。
两岸霓灯相对炫，
陵河秋色换新颜。

参加消费扶贫感怀

两把芭蕉十二元，
几多盈利到寒门？
何时扶尽穷人苦，
共建凡间幸福村。

奔波

题记:我昨已返椰城。今受邀连日赴崖州讲学,虽往返劳顿,然有幸为地方尽绵薄之力,不亦乐乎?感之,记之。

舟车千里为何忧?
半日飞奔跑两头。
不畏艰辛多做事,
愿将汗水洒崖州。

(中国诗歌网2019年11月27日发表)

观赏保加利亚交响乐团演出

偶听交响乐悠扬,
百器和声奏妙章。
四海同歌中国曲,
普天新韵看东方。

红旗迎新

题记：2020年元旦，新置一红旗越野车，偶得此韵。

临风猎猎迎新日，
携手同行又远征。
不论前方艰与险，
红旗指引路标明。

（中国作家网2020年1月7日发表）

中华职业教育社赞

中原立志为神州，
华夏菁英百载留。
职小未曾遗国难，
业精方可解民忧。
教人学艺须双手，
育子成才去几愁。
社稷江山常辅助，
赞歌声誉遍全球。

注：①此为藏头诗，藏句：中华职业教育社赞。2017年该社成立100周年。②华夏菁英，此处指创社时的黄炎培、蔡元培、梁启超等48名社会知名人士。③双手，诗中双关，即指职业者谋生之双手，亦指职教社倡导之"双手万能"。

（中国诗歌网2020年2月2日发表）

第四章 格律诗作品

初学煎饼偶得

初次掌锅煎大饼,
全村老少尽夸香。
现时煎饼来钱快,
后悔当年入错行。

灯光桥影

灯火昏昏能见影,
桥风习习却无踪。
天明夜暗长相伴,
不论春秋夏与冬。

月夜独行

烦心难断平常事,
月下孤行伴竹林。
不识伊人何处去,
顿生念想问佳音。

春夜奋笔

忧心难寐踱前庭，
夜半挑灯笔未停。
不写春光芳草地，
书生悲悯悯生灵。

再登铜鼓岭

文昌乡土多奇秀，
常引军民万里游。
曲径登高铜鼓岭，
凭栏极目七星洲。
望京亭下千帆竞，
月亮湾前众客留。
致敬山中诸将士，
长年驻守国无忧。

午过荔园

日照珠崖草木新，
荔园晌午会佳人。
何曾羡慕杨妃笑，
琼岛今时正荔春。

第四章 格律诗作品

伶人献舞

名伶献艺时，
款款寄心思。
玉手勾人醉，
蛇腰令客痴。
回眸犹妩媚，
颦笑更风姿。
佳丽翩翩舞，
相知悔恨迟。

雨后青山

忽来骤雨洗城关，
连日倾盆若等闲。
望眼天边云散尽，
千年不变是青山。

云山待天

云山萦绕尽天连，
万里延绵在眼前。
自古白云多善变，
青山千载对皇天。

海南自贸港——访海口江东新区

琼州自古远京都，

改革催生自贸区。

紧靠东盟为纽带，

孤悬南海似明珠。

前年吹响冲锋号，

今夏标明路线图。

建设征程多坎坷，

海南勇往探新途。

注：冲锋号，指习近平总书记"4.13"重要讲话宣布建设海南自贸区（港）。路线图，指2020年6月1日颁布的海南自贸港建设总体方案。

建党99周年感怀(3首)

(一)七一抒怀

群英壮举始红船,
自此惊天撼百川。
九九春秋担大义,
初心不变勇当先。

(二)访琼海椰子寨战斗遗址

当年战事若云烟,
唯有英魂在眼前。
莫忘先贤遗壮志,
齐心中国梦同圆。

(三)访海口琼崖一大会址

循踪遗址忆先贤,
英烈丰功耀海川。
二十三年旗不倒,
琼崖革命万年传。

注:"二十三年旗不倒"由时任中央军委副主席周恩来于1949年初听取琼崖纵队汇报后首次提出,1984年5月聂荣臻元帅题写。

见"疫"勇为(5首)

(一)战"疫"
疫发武汉黎民急,
举国同心战不休。
医护驰援荆楚地,
琼州儿女续风流。

(二)钟南山
荆楚年关发疫情,
老臣八旬再亲征。
妙方良策除瘟虐,
护国安民共太平。

(三)读毛泽东诗《送瘟神》感怀并步韵
华夏千秋勇士多,
疫情肆虐又如何?
全民协力除瘟疫,
举国同声唱战歌。
党令一挥援楚地,
雄兵三路斩阎罗。
春来水暖冰消日,
万众扬帆破浪波。

注:斩阎罗,典出陈毅元帅《梅岭三章》。

(四)致敬战"疫"英雄

神州遭疾虐，

医护勇当先。

英烈垂千古，

贪官臭万年。

(五)"琼"尽全力

武汉飞传暴疫情，

四方听令共征程。

琼医八百援荆楚，

不胜瘟神不返琼。

注：人民日报为31个省(自治区、直辖市)的援鄂医疗队制作、发布海报，每省一幅。海南省海报题为《"琼"尽全力》，出自成语"穷尽全力"。

(三亚日报2020年4月20日发表)

致毕业生(5首)

题记：又逢毕业季。学生邀赴毕业晚会，赋诗几韵共勉。

（一）骏马

偶遇良驹显战魂，
无人赏识没辕门。
若逢伯乐行千里，
昂首前程望日奔。

（二）路标

漫漫征程多坎坷，
每逢岔口必深思。
标牌写错还能改，
误入歧途悔恨迟。

（三）牵手

偶在他乡结友情，
真心未必立山盟。
有缘牵手须珍重，
莫负光阴误此生。

（四）远方

徒步城郊脚未休，
西天日落莫须愁。
临风极目无边海，
再远前方总有头。

（五）箴言

凤凰花艳盛开时，
门下书生正告辞。
初到天涯寻骥騄，
今将海角寄心思。
经纶满腹方行远，
技艺怀身始不悲。
此出鹿城应有志，
琼州内外赋新诗。

（三亚日报 2020 年 6 月 8 日发表）

三亚海感（6首）

（一）观海

伫立城楼望远时，
眼前平静倍深思。
欺山欺虎无欺海，
浪卷千军不吐尸。

（二）听海

漫步滩头伴夕阳，
涛声千古海茫茫。
但逢烦事听波浪，
顿觉心间奏乐章。

（三）品海

日落风停碧浪平，
海天一色两难清。
何时识破连天色，
便解心间万苦情。

(四)亲海

盛夏登高望海天，

碧波万顷尽跟前。

何时结伴三沙去，

定赋诗歌五百篇。

(五)出海

鹿城结伴游公海，

垂钓高歌赏贝珠。

慨叹先人"更路簿"[①]，

古来指引未迷途。

(六)强海

水师覆没清朝事[②]，

知耻图强出圣贤。

今盼同圆中国梦，

雄兵百万海军先。

注：①更路簿，是海南渔民自古以来自编自用的航海"秘本"，是一种记录航海知识的手抄本小册子，或是一张手绘的航海图。②指甲午海战。

（三亚日报 2020 年 7 月 13 日发表）

愿把崖州作故乡(5首)

(一)三亚湾

一色海天弯似月,
犹如仙境落金环。
毛奎知得崖州美,
未识当今三亚湾。

注:毛奎,崖州郡守,"小洞天"三字即是他题写。

(二)亚龙湾

风轻云淡艳阳天,
水秀山青碧海川。
四季春光游客往,
愿留三亚恨无缘。

(三)海棠湾

夏夜闲游望海湾,
万家灯火四周环。
千年皓月当空挂,
景美人侬不肯还。

（四）天涯海角

丽日风平鳌石涌，
碧波万顷阔无边。
人间海景何方美，
尽道天涯有洞天。

（五）玫瑰谷

天涯花海竞风流，
万紫千红百态羞。
不论春秋冬与夏，
芬芳无限在琼州。

（三亚日报2020年9月7日发表）

院校贺勉(5首)

(一)山菊颂——贺海南省工业学校国家重点中专学校挂牌庆典

海岛四周山菊长，

南风送爽袭人香。

工精绘尽花神韵，

校外芬芳美誉扬。

注:2001年夏于通什,我平生初次写格律诗,且是藏头诗,藏句:海南工校。学校以"山菊"为象征,设有山菊文学社。此诗当年夏发表于《海南工校报》,我2001年9月起接任校报主编。

(二)贺《海职院报》创刊

海风轻拂琼州绿，

职教新天育栋梁。

院外长空才展翼，

报中妙笔著篇章。

注:此为藏头诗,藏句:海职院报,2005年创刊,海南职业技术学院简称"海职院";2008年我任该报主编。

(三)贺琼州学院60周年校庆

琼岛无冬誉九州，

州朝南海校无忧。

学生四海皆桃李，

院外功成青史留。

注:此为藏头诗,藏句:琼州学院。学校2015年更名为海南热带海洋学院。

（四）儋州职校

儋人自古文风重，

州内黉园负盛名。

职教风吹桃李遍，

校名鹊起越长城。

注：此为藏头诗，藏句：儋州职校。该校2007年创办，2012年即为海南省重点中等职业学校，学生获得全国技能大赛多项一等奖。

（五）屯昌中学建校70周年题勉

传道琼州年七十，

秉承三敬胜千金。

育才报国征程远，

莫负屯昌父老心。

注：三敬，指屯昌中学推崇的敬润、敬畏、敬贤。

专家赠书读荐(10首)

(一)读许山河《诗词鉴赏概论》

花开花落人和事，
经久诗书有几多？
不论城头旗变幻，
始终恒古是山河。

注：①许山河，海南师范大学教授。②城头旗变幻，典出鲁迅"城头变幻大王旗"，此借指时空流转下惦念的师生情谊。

(二)读云逢鹤《人·鬼·神》

廿六年前学子身，
未曾名噪且清贫。
先生抬举予新作，
道尽凡间人鬼神。

注：云逢鹤，曾任海南大学党委宣传部部长，此书系其任《特区时报》副社长时于1994年冬赠余的新作。

(三)读张浩文《狼祸》

廿年前读君《狼祸》，
倍感心牵故土情。
不改文风推力作，
至今重笔诉秦声。

注：张浩文，现任海南省作家协会副主席，海南师范大学教授。此书系其1996年5月12日赠余的新作。

第四章 格律诗作品

(四)读华子奇《新村随笔》

未曾谋面识先生，

偶有鸿书传讯声。

佳作珍藏南到北，

春秋十六伴征程。

注：此书系时任琼州学院党委书记华子奇 2001 年 4 月 1 日赠余的新作。

(五)读杜光辉"高原三部曲"

幸得先生三部曲，

鸿篇妙笔写春秋。

文坛干将常青树，

七秩光辉耀九州。

注：杜光辉，原海南省作家协会副主席，国家一级作家，海南热带海洋学院教授。其 2017 年冬赠余的"高原三部曲"，即《大车帮》《大高原》《可可西里狼》。

(六)读杨兹举《盛装的音符》

孤灯寒夜赏诗章，

山海连篇尽故乡。

南国诗家无几个，

琼州才子有杨郎。

注：杨兹举，海南热带海洋学院教授，副校长。此书系其 2016 年赠余的新作。

(七)读亚根《蓝绿之间》

亚根纵笔著华章，

品读犹如 biang 酒香。

满卷才情挥不尽，

平生心血颂黎乡。

注：①亚根，海南省作家协会副主席，此书系其2018年赠我的新作。②biang 酒，海南黎族人民用种在山地的山兰稻糯米酿制的酒，初饮味甜，醇香，酒劲后起。

(八)读李景新《中国古典诗歌体裁的理论与实践》

教授居琼著作丰，

随心挥洒更从容。

满篇诗稿抒胸意，

爱恨情愁尽纸中。

注：李景新，海南热带海洋学院教授。

(九)读高泽强《苗家风物志》

幸得先生新力作，

闲时研读品清茶。

书中多少苗家事，

尽是神州一朵花。

注：高泽强，海南热带海洋学院研究员，此书系其2018年赠我的新作。

(十)读廖民生《海洋经济学读本》

夜读先生耕海经,

宏篇高论入心灵。

何时再赴新程路,

谋向深蓝写汗青。

注:廖民生,海南热带海洋学院研究员,副校长,此书系其2019年赠我的新作。

清明缅怀(2首)

(一)清明回乡

春回故里绽新花,

门外飘香一路斜。

不恋省城居大厦,

清明最念是农家。

(二)清明感念

春日驱车回故里,

清风清雨祭清明。

青山绿水依然在,

不见先人只见名。

追悼送挽(3首)

(一)悼林公明玉先生

忽报林公乘鹤去,
未能送别倍心惭。
生前功绩人民赞,
浩气长存耀海南。

(二)悼师太李氏

忽闻师太西辞去,
未及亲临敬挽迟。
甘露滴滴当悼念,
祥云朵朵寄哀思。
生前贤惠传农垦,
身后芳名树口碑。
八秩仙游慈有福,
小诗一韵感同悲。

(三)悼姚旭东

悼词难尽生前事,
姚氏儿郎众觉悲。
旭日西沉朝气在,
东归母校铸丰碑。

注:此为藏头诗,藏句:悼姚旭东。

参考文献

[1]许山河.诗词鉴赏概论[M].海口:海南出版社,1995.

[2]丘濬.琼台诗文会稿[M].呼和浩特:内蒙古人民出版社,2002.

[3]王力.诗词格律[M].北京:中华书局,1997.

[4]郝晓辑.语文教育与文学素养研究[M].北京:中国纺织出版社,2019.

[5]朱逸辉.世史正纲校注本[M].海口:海南出版社,2005.

[6]李景新.中国古典诗歌体裁的理论与实践[M].北京:中国戏剧出版社,2008.

[7]朱逸辉.白玉蟾诗词选[M].海口:海南出版社,2005.

[8]王力.汉语诗律学[M].上海:上海教育出版社,1979.

[9]黄岳洲.《大学语文》教学辅导[M].北京:语文出版社,1986.